천년의 우리소설 2

낯선 세계로의 여행

千년의 우리소설 2
낯선 세계로의 여행

박희병·정길수 편역

2007년 9월 10일 초판 1쇄 발행
2018년 1월 5일 초판 3쇄 발행

펴낸이 한철희 | 펴낸곳 돌베개 | 등록 1979년 8월 25일 제406-2003-000018호
주소 (10881) 경기도 파주시 회동길 77-20 (문발동)
전화 (031) 955-5020 | 팩스 (031) 955-5050
홈페이지 www.dolbegae.co.kr | 전자우편 book@dolbegae.co.kr

책임편집 김희동 | 편집 이경아·윤미향·김희진·서민경·이상술
표지디자인 민진기디자인 | 본문디자인 박정은·이은정·박정영
제작·관리 윤국중·이수민 | 마케팅 심찬식·고운성
인쇄 한영문화사 | 제본 경인제책사

ⓒ 박희병·정길수, 2007

ISBN 978-89-7199-284-5 04810
ISBN 978-89-7199-282-1 (세트)

이 도서의 국립중앙도서관 출판시도서목록(CIP)은 e-CIP 홈페이지
(http://www.nl.go.kr/cip.php)에서 이용하실 수 있습니다.(CIP제어번호: CIP2007002634)

천년의
우리
소설

천년의 우리소설
2

낯선 세계로의 여행

박희병 · 정길수 편역

돌베개

간행사

이 총서는 위로는 신라 말기인 9세기경의 소설을, 아래로는 조선
말기인 19세기 말의 소설을 수록하고 있다. 즉, 이 총서가 포괄하
고 있는 시간은 무려 천 년에 이른다. 이 총서의 제목을 '千년의
우리소설'이라 한 이유가 여기에 있다.

　근대 이전에 창작된 우리나라 소설은 한글로 쓰인 것이 있는가
하면 한문으로 쓰인 것도 있다. 중요한 것은 한글로 쓰였는가 한
문으로 쓰였는가 하는 점이 아니다. 오늘날의 관점에서 볼 때 그
런 것은 그다지 중요하지 않다. 정말 중요한 것은 문예적으로 얼
마나 탁월한가, 사상적으로 얼마나 깊이가 있는가, 그리하여 오
늘날의 독자가 시대를 뛰어넘어 얼마나 진한 감동을 받을 수 있
는가 하는 점일 터이다. 이 총서는 이런 점에 특히 유의하여 기획
되었다.

　외국의 빼어난 소설이나 한국의 흥미로운 근현대소설을 이미
접한 오늘날의 독자가 한국 고전소설에서 감동을 받기란 쉬운 일

이 아니다. 우리 것이니 무조건 읽어야 한다는 애국주의적 논리는 이제 더 이상 통하지 않는다. 과연 오늘날의 독자가 『유충렬전』이나 『조웅전』 같은 작품을 읽고 무슨 감동을 받을 것인가. 어린 학생이든 혹은 성인이든, 이런 작품을 읽은 뒤 자기대로 생각에 잠기든가, 비통함을 느끼든가, 깊은 슬픔을 맛보든가, 심미적 감흥에 이르든가, 어떤 문제의식을 환기받든가, 역사나 인간에 대한 이해를 증진시키든가, 꿈과 이상을 품든가, 대체 그럴 수 있겠는가? 아마 그렇지 못할 것이다. 그럼에도 이런 종류의 작품은 대부분의 한국 고전소설 선집 속에 포함되어 있으며, 중고등학교에서도 '고전'으로 가르치고 있다. 그러니 한국 고전소설은 별 재미도 없고 별 감동도 없다는 말을 들어도 그닥 이상할 게 없다. 실로 학계든, 국어 교육이나 문학 교육의 현장이든, 지금껏 관습적으로 통용되어 온 고전소설에 대한 인식을 전면적으로 재검토해야 할 시점에 이르렀다. 이 총서는 이런 문제의식에서 출발한다.

이 총서가 지금까지 일반인들에게 그리 알려지지 않은 작품들을 많이 수록하고 있음도 이 점과 무관치 않다. 즉, 이는 21세기의 한국인들에게 어필할 수 있는 새로운 한국 고전소설의 레퍼토리를 재구축하려는 시도인 것이다. 이 점에서 이 총서는 그렇고 그런 기존의 어떤 한국 고전소설 선집과도 다르며, 아주 새롭다. 하지만 이 총서는 맹목적으로 새로움을 위한 새로움을 추구하지는 않았으며, 비평적 견지에서 문예적 의의나 사상적·역사적 의의가 있는 작품을 엄별해 수록하였다. 그리하여 우리는 이 총서를 통해, 흔히 한국 고전소설의 병폐로 거론되어 온, 천편일률적이라든가, 상투적 구성을 보인다든가, 권선징악적 결말로 끝난다든가, 선인과 악인의 판에 박힌 이분법적 대립으로 일관한다든가, 역사적·현실적 감각이 부족하다든가, 시공간적 배경이 중국으로 설정된 탓에 현실감이 확 떨어진다든가 하는 지적으로부터 퍽 자유로운 작품들을 가능한 한 많이 독자들에게 소개하고자 한다.

그러나 수록된 작품들의 면모가 새롭고 다양하다고 해서 그것으로 충분한 것은 아닐 터이다. 한국 고전소설, 특히 한문으로 쓰인 한국 고전소설은 원문을 얼마나 정확하면서도 쉽고 유려한 현대 한국어로 옮길 수 있는가의 여부에 따라 작품의 가독성은 물론이려니와 감동과 흥미가 배가될 수도 있고 반감될 수도 있다. 이 총서는 이런 점에 십분 유의하여 최대한 쉽게 번역하기 위해 많은 고심을 하였다. 하지만 쉽게 번역해야 한다는 요청이, 결코 원문을 왜곡하거나 원문의 정확성을 다소간 손상시켜도 좋음을 의미하지는 않는다. 이런 견지에서 이 총서는 쉬운 말로 번역해야 한다는 하나의 대전제와 정확히 번역해야 한다는 또 다른 대전제 ―이 두 전제는 종종 상충할 수도 있지만―를 통일시키기 위해 많은 노력을 기울였다.

한국 고전소설에는 이본異本이 많으며, 같은 작품이라 할지라도
이본에 따라 작품의 뉘앙스와 풍부함이 달라지는 경우가 비일비
재하다. 그뿐 아니라 개개의 이본들은 자체 내에 다소의 오류를
포함하고 있다. 따라서 하나하나의 작품마다 주요한 이본들을 찾
아 꼼꼼히 서로 대비해 가며 시시비비를 가려 하나의 올바른 텍
스트, 즉 정본定本을 만들어 내는 일이 대단히 긴요하다. 이 작업
은 매우 힘들고, 많은 공력功力을 요구하며, 시간도 엄청나게 소요
된다. 이런 이유 때문이겠지만, 지금까지 고전소설을 번역하거나
현대 한국어로 바꾸는 일은 거의 대부분 이 정본을 만드는 작업
을 생략한 채 이루어져 왔다. 하지만 정본 없이 이루어진 이 결과
물들은 신뢰하기 어렵다. 정본이 있어야 제대로 된 한글 번역이
가능하고, 제대로 된 한글 번역이 있고서야 오디오 북, 만화, 애
니메이션, 드라마, 영화 등 다른 문화 장르에서의 제대로 된 활용
도 가능해진다. 뿐만 아니라 정본에 의거한 현대 한국어 역譯이
나와야 비로소 영어나 기타 외국어로의 제대로 된 번역이 가능해
진다. 이런 점에서 본다면 작금의 한국 고전소설 번역이나 현대
화는 대강 특정 이본 하나를 현대어로 옮겨 놓은 수준에 머무는
것이라는 한계를 대부분 갖고 있는바, 이제 이 한계를 넘어서야
할 시점에 이르렀다. 이 총서에 실린 대부분의 작품들은 2년 전
에 내가 펴낸 책인 『한국한문소설 교합구해校合句解』에서 이루어진
정본화定本化 작업을 토대로 하고 있는바, 이 점에서 기존의 한국

고전소설 번역서들과는 전적으로 그 성격을 달리한다.

나는 『한국한문소설 교합구해』의 서문에서, "가능하다면 차후 후학들과 힘을 합해 이 책을 토대로 새로운 버전version의 한문소설 국역을 시도했으면 한다. 만일 이 국역이 이루어진다면 이를 저본으로 삼아 외국어로의 번역 또한 생각해 볼 수 있을 것이다"라고 말한 바 있다. 바야흐로, 한국 고전소설을 전공한 정길수 교수와의 공동 작업으로 이 총서를 간행함으로써 이런 생각을 실현할 수 있게 되어 대단히 기쁘게 생각한다.

이제 이 총서의 작업 방식에 대해 간단히 언급해 두고자 한다. 이 총서의 초벌 번역은 정교수가 맡았으며 나는 그것을 수정하는 작업을 하였다. 정교수의 노고야 말할 나위도 없지만, 수정을 맡은 나도 공동 작업의 취지에 어긋나지 않게 최선을 다했음을 밝혀 둔다. 한편 각권의 말미에 첨부한 간단한 작품 해설은, 정교수가 작성한 초고를 내가 수정하며 보완하는 방식으로 작업하였다. 원래는 작품마다 그 끝에다 해제를 붙이려고 했는데, 너무 교과서적으로 비칠 염려가 있는 데다가 혹 독자의 상상력을 제약할지도 모르겠다는 생각이 들어 이런 방식으로 바꾸었다.

이 총서는 총 16권을 계획하고 있다. 단편이나 중편 분량의 한문소설이 다수지만, 총서의 뒷부분에는 한국 고전소설을 대표하는 몇 종류의 장편소설과 한글소설도 수록할 생각이다.

이 총서는, 비록 총서라고는 하나, 한국 고전소설을 두루 망라

하는 데 목적이 있지 않다. 그야말로 '千년의 우리소설' 가운데 21세기 한국인 독자의 흥미를 끌 만한, 그리하여 우리의 삶과 역사와 문화를 주체적으로 돌아보고 성찰하는 데 도움이 될 만한, 그럼으로써 독자들의 심미적審美的 이성理性을 충족시키고 계발하는 데 보탬이 될 만한 작품들을 가려 뽑아, 한국 고전소설에 대한 인식을 바꾸고 확충하고자 하는 것이 본 총서의 목적이다. 만일 이 총서가 이런 목적을 어느 정도 달성했다는 평가를 받게 된다면 영어 등 외국어로 번역하여 비단 한국인만이 아니라 세계 각지의 사람들에게 읽혀도 좋지 않을까 생각한다.

2007년 9월
박희병

차례

최고운전

최치원[1]은 자字가 고운孤雲으로, 신라 사람 문창령[2] 최충崔沖의 아들이다. 처음에 신라 왕이 최충을 문창령으로 임명하자 최충은 집으로 돌아와 식음을 전폐하고 울었다. 아내가 그 이유를 묻자 최충은 이렇게 말했다.

　"당신은 못 들었소? 문창령을 지내면서 아내를 잃은 이가 십여 명은 된다 하오. 나도 이런 변을 당할까 싶어 우는 거요."

　아내 역시 근심 걱정으로 밥을 먹을 수 없었다. 열흘 뒤 최충이 가족을 이끌고 문창에 이르렀다. 최충은 마을의 부형父兄들을 불러 이렇게 물었다.

꽃꽃꽃꽃

1. **최치원崔致遠**　신라 말의 문인. 13세 되던 해인 869년에 당나라로 유학 가서 874년 과거에 급제했다. 879년 당나라에서 황소黃巢의 난이 일어났을 때 「토황소격문」討黃巢檄文을 지어 문장가로 이름을 떨쳤다. 885년에 신라로 돌아와 한림학사翰林學士 등의 벼슬을 지내고, 894년에는 진성여왕에게 정치 혁신을 건의했다. 그 뒤 벼슬에서 물러나 전국을 떠돌다가 가야산伽倻山 해인사海印寺에서 생을 마쳤다고 한다.
2. **문창령文昌令**　문창현령文昌縣令. '문창'은 마산·창원 일대의 옛 이름.

"예전에 듣자니 이 마을에는 아내를 잃는 변이 있다고 하던데, 과연 그런 일이 있소?"

"그렇습니다."

그 말에 최충은 더욱 겁이 나서 뭇 여종들로 하여금 자기 아내를 지키게 해 놓고 밖에 나와 직무를 보았다.

그러던 어느 날이었다. 검은 구름이 사방에서 일어나며 천지가 캄캄해지더니 우르릉 쾅쾅 천둥이 치고 번갯불이 번뜩였다. 최충의 아내를 지키던 이들이 모두 놀라 땅에 엎드렸다. 그런데 잠시 후에 일어나 보니 최충의 아내는 이미 사라지고 없었다. 깜짝 놀라 뛰어나와서 최충에게 사실을 아뢰자 최충은 놀랍고 두려워 어쩔 줄을 몰랐다.

이 일이 있기 전에 최충은 아내의 손에 붉은 실을 묶어 둔 후 밖에 나와 직무를 보고 있었다. 그러다가 아내가 실종되자 고을 아전인 이적李績과 함께 붉은 실을 추적하였다. 붉은 실은 관아 뒤의 일악령³ 바위 굴 속으로 이어져 있었다. 하지만 굴 입구가 막혀 있어 안으로 들어갈 수 없었다. 최충은 아내를 부르며 통곡했다. 이적이 꿇어앉아 이런 말로 위로했다.

"마님을 이미 잃으셨거늘 통곡해 봐야 무슨 소용이 있겠습니까? 마을 어르신들이 '이 바위는 밤이 되면 저절로 열린다'고 말

---

3. **일악령日岳嶺** 산 이름이겠는데 정확히 어딘지는 미상.

하는 것을 들었습니다. 우선 마을로 돌아가셨다가 밤이 되면 다시 와 사정을 살피는 게 좋겠습니다."

최충이 그 말을 따라 마을로 돌아갔다가 밤이 되자 다시 와 바위 굴 아래 열다섯 걸음쯤 되는 곳에 이르러 멈춰 섰다. 한참을 울고 있는데, 갑자기 바위 사이로 등불 같은 것이 비쳤다. 가까이 가서 자세히 보니 과연 바위가 저절로 조금씩 열리는 게 아닌가. 최충은 기뻐하며 바위틈으로 들어갔다. 굴 안은 땅이 넓고 비옥했으며 꽃나무가 무성하게 피어 있었다. 사람은 아무도 없고 처음 보는 이상한 새들만이 꽃가지 위에 가득 앉아 있었다. 최충은 그 광경을 보고 감탄하며 이적을 돌아보고 말했다.

"세상에 이런 땅이 있나! 필시 신선이 사는 곳일 거야."

마침내 동쪽으로 쉰 걸음쯤 걸어가니 큰 집이 하나 나타났다. 장대한 규모에 장식도 화려해서 하늘에 있는 옥황상제의 궁궐인 듯싶었다. 최충은 신선의 음악 소리를 들으며 꽃밭 안으로 가만히 들어갔다. 창밖에 기대서서 창틈으로 안을 들여다보니, 방 안에서는 황금색 돼지가 용무늬가 아로새겨진 자리 위에서 아내의 무릎을 베고 누워 자고 있는 게 아닌가. 그 곁에는 또한 아름다운 여인 수십 명이 앞뒤로 늘어서서 금돼지를 에워싸고 있었다.

이때 최충은 허리띠 안에 약주머니를 차고 있었는데, 이는 아내와 미리 약속해 둔 것이었다. 최충이 약주머니를 꺼내 바람에 냄새를 날리자 최충의 아내는 남편이 온 줄 알아차리고 눈물을 흘렸다. 이윽고 금돼지가 잠에서 깨더니 이렇게 물었다.

"이건 인간 세상의 향기인데?"

최충의 아내가 말을 꾸며 대답했다.

"난초 꽃에 바람이 불어 생겨난 향기입니다. 인간 세상의 향기가 어찌 이곳에 이를 수 있겠습니까?"

금돼지가 또 물었다.

"당신은 왜 슬퍼 울고 있나?"

"이 땅을 보니 인간 세계와는 너무도 다른데, 저는 그쪽 사람인지라 이 땅에 영원히 살 수 없다는 생각이 들어 울었어요."

"여기는 인간 세계가 아니라서 죽음도 없으니 슬퍼할 것 없다."

"제가 인간 세계에 있을 때 듣기로는 신선 세계 사람은 호랑이 가죽을 보면 죽는다던데, 과연 그게 맞는 말인가요?"

"그건 내가 모르는 이야긴걸. 다만 사슴 가죽을 미지근한 물에 적셔서 내 뒤통수에 붙이면 난 말 한마디 못하고 죽게 되지."

금돼지는 그렇게 말하고는 또 잠이 들었다. 최충의 아내는 금돼지의 말대로 해 보고 싶었지만 사슴 가죽이 없는 게 한이었다. 그런데 문득 보니 차고 있던 칼집에 달린 끈이 바로 사슴 가죽으로 만든 것이었다. 가만히 그 가죽을 푼 다음 침에 적셔서 금돼지의 뒤통수에 붙였더니 금돼지는 과연 말 한마디 못하고 죽었다.

이에 최충은 아내와 함께 무사히 돌아왔다. 전임 현령들의 잃어버린 아내 십여 명도 최충 덕분에 모두 고향으로 돌아갔다.

18

최충의 아내는 집으로 돌아온 지 얼마 안 되어 아들을 낳았다. 집에 있던 때에 이미 임신하고 있었지만, 금돼지에게 변을 당한 뒤인지라 최충은 그 아이가 금돼지의 자식이라고 의심해서 아이를 바닷가에 내다 버렸다. 그러자 하늘이 그 아이를 가엾게 여겨 선녀를 보내 젖을 먹여 기르게 했다. 최충의 아내는 그 소식을 듣고 남편에게 말했다.

"당신은 이 아이를 금돼지의 자식이라 생각해서 바닷가에 버렸지요. 하지만 실은 금돼지의 자식이 아니기에 하늘에서 당신의 어리석은 생각을 알고 선녀를 보내 이 아이를 젖 먹여 기르게 한 거예요. 어서 사람을 보내 아이를 데려오게 하세요."

최충도 깊이 느낀 바 있어 이렇게 말했다.

"나도 다시 데려오고 싶은 마음이지만, 처음에 이 아이를 금돼지의 자식이라며 버려 놓고 지금 다시 데려오면 남들이 나를 비웃지 않겠소. 이 때문에 난처해하는 중이오."

"비웃음거리가 되는 게 걱정이시라면 병이 든 척하고 아전의 집에 잠시 머물러 계세요. 제 말대로 하면 우리 아이를 다시 데려오고도 절대 남들의 비웃음을 받지 않을 거예요."

최충은 아내의 말을 따랐다.

이 일이 있기 전에 영험한 무당이 관아에 온 일이 있었다. 최충의 아내가 자기 옷을 벗어 주며 무당의 거처를 묻자 무당은 이렇게 대답했다.

"장끼골 이첨지李僉知 집 앞에 삽니다."

그 뒤 최충의 아내는 몰래 무당의 집에 사람을 보내 무당을 불렀다. 무당이 오자 아내는 비단 수백 필을 주며 이렇게 부탁했다.

"나를 위해 아전들에게 이렇게 말해 주었으면 좋겠네.

'너희 사또가 자기 아들을 금돼지의 자식이라며 바닷가에 버리자 하늘이 너희 사또를 미워해서 그 벌로 병이 든 것이다. 지금 너희가 빨리 아기를 데려온다면 너희 사또의 병이 금세 나을 것이요, 너희들 역시 병에 걸리지 않을 것이다. 하지만 그렇게 하지 않는다면 너희 사또뿐 아니라 너희들까지 모두 죽게 될 것이다.'

그리해 주겠나?"

무당이 승낙하여 말했다.

"분부대로 하지요."

마침내 일어나 나가 최충의 아내가 한 말을 그대로 고을 아전들에게 퍼뜨렸다. 아전들은 놀랍고 두려워 최충이 임시로 머물고 있는 집으로 일제히 달려가서는 엉엉 소리 내어 울었다. 최충이 여종을 시켜 이유를 묻자 아전들이 앞으로 나와 꿇어앉았더니 이렇게 아뢰었다.

"저희들이 영험한 무당에게 이런 말을 들었습니다.

'너희 사또가 자기 아들을 버렸기 때문에 하늘에 죄를 얻었다. 지금 빨리 아이를 데려오지 않으면 너희 사또의 병은 절대 나을 수 없다.'

이 때문에 저희가 소리 내어 울었습니다."

최충이 거짓으로 놀란 척하며 말했다.

"정말 이 아이 때문에 내가 하늘의 벌을 받아 병에 걸린 거라면 아이를 다시 데려와야겠구나."

그리고는 이적을 아이가 있는 곳으로 보냈다. 이에 이적 일행이 바닷가로 가서 아이를 찾았으나 그 행방을 알 수 없었다. 그만 돌아가려 하고 있을 때 문득 어린아이의 책 읽는 소리가 들려왔다. 소리 나는 쪽으로 고개를 돌려 섬을 바라보니 아이가 높은 바위 위에 홀로 앉아 책을 읽고 있는 것이 아닌가. 마침내 배를 타고 바위 아래로 다가가 위를 올려다보고 외쳤다.

"아버님이 중병에 걸리셔서 도련님을 만나 보고 싶어 하십니다. 그래서 저희가 지금 모시러 이곳에 왔습니다."

아이가 말했다.

"나를 금돼지의 자식이라며 이곳에 버렸으면서 이제 와서 조금도 부끄러워하는 마음 없이 나를 보고 싶어 하신다고? 옛날 양적[4]의 큰 장사꾼 여불위[5]는 진나라 왕에게 미녀를 바칠 때 미녀가 자

༺༒༒༒

4. **양적陽翟** 지금의 중국 하남성 우현禹縣.
5. **여불위呂不韋** 진시황 때의 재상. 전국시대 말의 큰 상인이었던 여불위는 자기 아이를 임신한 미녀를 초나라에 볼모로 와 있던 진泰나라의 왕족 자초子楚에게 바쳤다. 이 미녀가 낳은 자식이 바로 진시황이다. 그 뒤 자초는 여불위의 도움으로 진나라 왕이 되었고, 자초가 죽자 진시황이 즉위했다. 진시황은 여불위를 재상으로 삼고 문신후文信侯에 봉했다.

기 아이를 임신한 걸 알면서도 바쳤더랬소. 미녀는 진나라 왕에게 간 지 일곱 달 만에 아이를 낳았으니, 임신한 아이는 사실 여불위의 자식이었던 거요. 하지만 진나라 왕은 차마 그 아이를 버리지 못했소. 하물며 우리 어머니는 나를 임신한 지 석 달이 되었을 때 문창에 왔고, 얼마 안 되어 금돼지에게 납치되었다가 한 달 만에 돌아왔으며,[6] 다시 여섯 달이 지나 나를 낳았소. 그런데 내가 어찌 금돼지의 자식이란 말이오? 만일 내가 금돼지의 자식이라면 내 이목구비가 어찌 금돼지의 모습을 하고 있지 않단 말이오? 그런데도 아버지는 처음부터 나를 금돼지의 자식이라며 여기에 버렸으니 이 얼마나 잔인무도한 일이오? 그래 놓고 이제 와서 무슨 면목으로 나더러 부모를 찾아뵈라는 것이오? 만일 또다시 나를 보고 싶다고 한다면 나는 바다로 뛰어들고 말거요."

아이는 이때 겨우 세 살이었다. 이적 등이 곧바로 돌아와 최충에게 아이의 말을 자세히 전했다. 최충은 그제야 후회하며 말했다.

"내 잘못이다!"

최충은 고을 사람 수백 명을 거느리고 바다 어귀에 이르러, 아이를 위하여 섬 위에 누각과 정자를 짓고 아이를 불러와 이름을 짓게 했다. 아이는 정자의 이름을 '월영'月影[7]이라 짓고 누각의 이

꽃꽃꽃꽃

6. 한 달 만에 돌아왔으며 앞부분의 서술을 보면 최충이 하루 만에 아내를 찾은 것 같은데, 여기서는 최충의 아내가 한 달 만에 돌아왔다고 했다. 서로 모순되는 말 같지만, 이 작품이 설화적 상상력에 바탕하고 있음을 감안하고 읽어야 한다.

름을 '망영'望影이라 지었다. 최충은 자신의 잘못을 자책하며 이렇게 말했다.

"내가 너에게 부끄러운 짓을 했구나."

그리고는 쇠로 만든 지팡이를 아이에게 준 후 돌아갔다.

닷새 뒤 하늘에서 수천 명의 선비가 내려와 월영대月影臺에 구름처럼 모이더니 저마다 자신의 학문을 아이에게 앞 다투어 가르쳤다. 아이는 이로 말미암아 글을 크게 깨치고 마침내 문장에 통달하게 되었다.

아이는 늘 쇠로 만든 지팡이를 가지고 다니며 월영대 아래의 백사장에 『천자문』千字文을 썼다. 그러다 보니 3척⁸ 길이의 쇠 지팡이가 닳고 닳아 반 척이 되기에 이르렀다. 아이는 음성이 맑고 또랑또랑해서 시나 부賦를 읊으면 가락에 맞지 않는 일이 없었고, 그 소리를 들은 사람들 중에 찬탄하지 않는 이가 없었다.

어느 날 밤이었다. 중국의 황제가 뒤뜰에 나와 노닐고 있는데 멀리서 시 읊조리는 소리가 들려왔다. 소리가 극히 맑고도 깨끗하게 들리는지라, 황제가 곁에 있던 신하에게 물었다.

"어디서 시 읊는 소리가 여기까지 들리는고?"

신하가 대답했다.

꽃꽃꽃

7. **월영**月影 월영대月影臺를 말한다. 월영대는 지금의 마산시 월영동 경남대학교 입구에 있었다. 현재 그 자리에는 최치원을 추모하는 비석이 세워져 있다.

8. **3척** 약 1미터.

"신라 유생儒生의 시 읊는 소리이옵니다."

황제가 말했다.

"신라는 비록 작은 나라지만 역시 뛰어난 선비가 있구나! 만리 밖까지 들리는 시 읊는 소리가 이러하니 가까이에서 듣는다면 어떠하겠는가!"

황제가 한참을 칭찬하더니, 이윽고 중국의 재주 있는 선비를 보내 신라의 유생과 재주를 겨루게 하려고 뭇 신하들을 불러 모았다. 그리하여 여러 학사들 중에서 문재文才가 가장 탁월한 사람 둘을 뽑아 신라에 파견했다.

두 명의 학사가 배를 타고 바다를 건너 월영대 아래에 도착했다. 학사가 아이를 보고 이렇게 물었다.

"너는 무엇 하는 아이냐?"

아이가 대답했다.

"저는 신라 승상 나업羅業의 하인입니다."

"네 나이는 몇이냐?"

"여섯 살입니다."

"너는 글을 아느냐?"

"사람이 글을 모르고서야 사람이라 할 수 있겠습니까?"

"그렇다면 우리와 재주를 겨뤄 볼 수 있겠느냐?"

그렇게 말하고 학사는 시 한 구절을 지어 보였다.

삿대는 물결 밑의 달을 꿰뚫고

아이가 곧바로 이렇게 응대했다.

배는 물속의 하늘을 누르네.

학사가 또 읊었다.

물새는 떠올랐다 가라앉고

아이가 다시 화답했다.

산 구름은 끊어졌다 이어지네.

학사가 또 아이를 놀려 이렇게 읊었다.

새와 쥐는 어이해 짹짹 우나?

아이가 곧바로 대꾸했다.

닭과 개도 또한 멍멍 짖네.

학사가 말했다.

"개가 멍멍 짖는다는 건 맞는 말이지만 닭도 멍멍 짖는단 말이냐?"

아이가 대답했다.

"새가 쩍쩍 운다는 건 맞는 말이지만 쥐도 쩍쩍 운단 말입니까?"

학사가 말문이 막혀 대답하지 못하더니 아이의 재주에 미칠 수 없음을 깨닫고는 자기들끼리 이런 말을 주고받았다.

"나이 아직 일곱 살이 못 된 아이의 재주가 이 정도니 명망 있는 선비들의 글재주는 대체 얼마나 뛰어나겠나! 그렇다면 우리가 비록 신라에 들어오긴 했으나 어찌 대적하여 글재주를 겨룰 수 있겠소? 그냥 돌아가는 게 좋겠소."

학사들은 중국으로 돌아와 황제에게 아뢰었다.

"신라의 선비들 중엔 글재주가 뛰어난 이들이 이루 헤아릴 수 없을 정도로 많습니다. 그중에 특히 빼어난 이는 저희 같은 사람 백 명이 있다 하더라도 대적할 수 없습니다."

황제가 이 말을 듣고 매우 노하여 신라를 침공하고자 했다. 그리하여 황제는 계란을 솜으로 싸서 돌로 만든 함에 가득 채운 뒤 그 속에 밀랍을 녹여 부어 움직이지 않게 하고, 다시 함 밖에 구리와 철을 녹여 부어 함을 열어 볼 수 없게 했다. 그리고는 함을 가져가는 사신에게 옥새를 찍은 문서를 주었다. 문서에는 이런 글귀가 적혀 있었다.

함 속에 든 물건을 알아맞혀 이에 대한 시를 지어 바치지 못
한다면 장차 너희 나라를 쑥대밭으로 만들 것이다.

사신이 황제의 문서를 받들고 계림[9]에 이르렀다. 신라 왕은 문
서를 보고 놀랍고도 두려워 나라 안의 이름난 선비들을 모두 궁
궐로 불러 모으고 다음과 같이 명령을 내렸다.

"함 속의 물건을 알아맞혀 그에 대한 시를 짓는 선비에게는 관
작을 높이고 봉토封土를 내려 주겠노라!"

월영대에서 노닐던 아이가 마침내 서라벌로 들어왔다. 이때 승
상 나업에게는 딸이 하나 있었는데, 미모와 재주가 나라 안에서
으뜸이었고 행실도 매우 정숙하였다. 아이는 그런 소문을 듣고는
해진 옷으로 갈아입고 거울 수리하는 행상으로 행세하며 승상의
집 앞에 와서 이렇게 소리쳤다.

"거울 고쳐요!"

나업의 딸 나소저가 그 소리를 듣고 유모에게 낡은 거울을 주
어 고쳐 오게 했다. 그리고는 유모의 뒤를 따라 바깥문까지 나와
사립문에 기대서서 좁은 틈 사이로 엿보았다. 아이는 흘깃 소녀

꽃꽃꽃꽃

9. 계림鷄林　신라의 수도인 경주慶州의 다른 이름.

의 얼굴을 보더니 마음속으로 참 아름답다고 여기며 다시 한 번 보려고 손에 들고 있던 거울을 일부러 떨어뜨려 깨뜨렸다. 유모가 깜짝 놀라더니 화를 내며 아이를 때렸다. 아이가 애걸하며 말했다.

"거울은 이미 깨졌는데 저를 때려 봐야 무슨 소용이 있겠어요? 저를 종으로 삼아 주시면 일해서 거울 값을 갚겠습니다."

유모가 들어가 승상에게 사정을 아뢰자 승상이 허락했다. 이 일로 인해 아이는 자기 이름을 '파경'[10]이라고 했다.

승상은 파경에게 말을 기르게 했다. 그 뒤로 승상 집의 말들은 모두 살쪄서 수척한 말이 한 마리도 없었다. 하루는 천상의 사람들이 산골짜기 사이에 구름처럼 모여 꼴 베기 시합을 하고는 모든 꼴을 파경에게 주었다. 파경은 들판에 말 떼를 풀어 놓고 숲 속에 누워 있었다. 그러다 해 질 녘이 되자 말 떼가 파경이 누워 있는 곳으로 모여들더니 모두 파경을 향해 머리를 숙이고 죽 늘어서는 것이 아닌가. 이 광경을 본 사람들은 모두 감탄하며 이상한 일이라 여겼다.

승상의 아내가 그 소식을 듣고 승상에게 말했다.

"파경은 생김새만 비범한 게 아니라 하는 일 또한 탄복할 만한 게 많으니, 분명 보통 사람이 아닌가 봐요. 천한 일을 시키지 말

---

10. **파경破鏡** 거울을 깨뜨렸다는 뜻.

고 다른 일을 맡겨 봅시다."

승상이 맞는 말이라 여겨 아내의 말을 따랐다. 승상은 동산에 온갖 꽃을 많이 심은 뒤 파경에게 화원을 돌보게 했다. 그 뒤로 동산에 심은 꽃은 날로 번성하여 조금도 시들지 않았고, 꽃가지 사이에는 봉황새가 깃들여 살았다. 파경은 봉황새 우는 소리를 듣고 슬픈 노래를 지어 부르기도 했다. 승상이 화원에 들어와 꽃 구경을 하다가 파경에게 물었다.

"네 나이가 몇이냐?"

"열한 살입니다."

"너는 글을 아느냐?"

이에 파경이 거짓으로 대답했다.

"모릅니다."

승상이 말했다.

"나도 열한 살 때에는 글을 알았는데, 네가 어찌 모른단 말이냐?"

"어려서 아버지가 돌아가셨으니, 비록 글을 배우고 싶다 한들 어디 가서 배울 수 있었겠습니까?"

승상이 장난삼아 말했다.

"네가 정말 배우고 싶다면 내가 가르쳐 주마."

"감히 청하지 못했지만 참으로 바라던 바입니다."

승상이 웃으며 말했다.

"옳지, 옳아!"

승상이 돌아가자 파경은 빙긋이 웃었다.

열흘이 지났다. 파경은, 나소저가 동산에 와 꽃구경을 하고 싶지만 파경을 보는 것이 부끄러워 들어오지 못하고 있다는 말을 들었다. 이에 파경은 나소저를 보고 싶은 마음에 꾀를 내어 승상에게 이렇게 청했다.

"제가 여기 온 지도 벌써 1년이 다 되어 갑니다만, 그동안 한 번도 노모를 찾아뵙지 못했습니다. 어머니를 찾아뵐 수 있게 며칠 휴가를 주셨으면 합니다."

승상이 닷새 동안의 휴가를 주었다. 나소저는 파경이 휴가를 받아 고향에 갔다는 소식을 듣고는 동산에 들어가 꽃구경을 하며 시를 읊었다.

난간 앞의 꽃이 웃지만 소리가 안 들리네

파경이 꽃가지 사이에 숨어 있다가 갑자기 이렇게 화답했다.

수풀 아래 새가 울지만 눈물이 안 보이네

나소저는 부끄러움에 얼굴이 빨개져 돌아갔다.

이해 봄 2월에 신라의 선비들이 모두 왕에게 다음과 같은 글을 올렸다.

"함 속의 물건이 무엇인지 알 길이 없어 도저히 시를 지을 수 없습니다."

왕이 근심에 잠겨 측근들에게 물었다.

"뛰어난 인재를 쉽게 얻을 방법이 없겠는가?"

신하 한 사람이 대답했다.

"뛰어난 인재는 본래 쉽게 얻을 수 없는 법입니다. 다만 대왕의 여러 신하 중에 나업이 문학에 뛰어난 재주를 가지고 있으니, 혹 함 속의 물건을 알아내 시를 지을 수 있을지 모르겠습니다."

왕이 옳다 여겨 나업을 불러 함을 주며 이렇게 말했다.

"과인의 신하 중에 경卿이 문재가 빼어나 시를 잘 짓기에 경에게 이 함을 맡기니, 경은 잘 궁리해 시를 짓도록 하오. 경이 만일 시를 짓지 못한다면 나는 경의 부인을 궁녀로 삼고 경을 죽일 것이오."

승상이 집으로 돌아와 함을 끌어안고 통곡했다. 파경이 통곡 소리를 듣고 사람들에게 물었다.

"웬 곡소리요?"

사람들이 사정을 자세히 이야기해 주자 파경의 얼굴에 희색이 돌았다.

이윽고 파경은 꽃가지를 꺾어 바깥 대청으로 들어갔다. 나소저가 턱을 괴고 앉아 슬피 눈물을 흘리고 있는데, 문득 벽에 걸린 거울에 사람의 그림자가 비치는 게 아닌가. 이상하다 싶어 창틈으로 내다보니 파경이 꽃을 들고 밖에 서 있었다. 나소저는 괴이한 일이라 여겨 파경에게 밖에 서 있는 연유를 물었다. 파경이 무릎을 꿇고 앉아 은밀한 목소리로 이렇게 말했다.

"아가씨께서 이 꽃을 보고 싶어 한다는 말을 듣고 아가씨를 위해 꺾어 왔습니다. 시들기 전에 받아서 감상하세요."

나소저가 큰 한숨을 내쉬자 파경은 이렇게 위로하였다.

"거울 속 그림자의 주인공은 임에게 절대 근심을 끼치지 않아요. 걱정 말고 어서 이 꽃을 받으세요."

나소저는 그 꽃을 받았지만, 너무도 부끄러운 마음에 일어나 방으로 들어갔다. 얼마 뒤 나소저는 파경의 말이 미심쩍어 잠시 틈을 타서 승상에게 이렇게 말했다.

"파경은 비록 어린아이지만 재주와 학식이 남달리 뛰어난 데다 신선의 기운마저 가지고 있어요. 제 생각엔 파경이 함 속에 든 물건을 알아내 시를 지을 수 있을 것 같아요."

승상이 말했다.

"넌 이 일이 쉬운 일인 줄 알고 그런 말을 하느냐? 파경이 할 수 있는 일이라면 천하의 석학들 중 단 한 사람도 성공하지 못하고 끝내 내게 이 함이 돌아왔겠느냐?"

"속담에 '뱁새가 수리를 낳는다'[11]는 말이 있어요. 파경이 노둔

꽃꽃꽃꽃

11. **뱁새가 수리를 낳는다** 겉은 미천해 보여도 큰일을 할 수 있음을 뜻하는 말.

해 보여도 속에 큰 재주를 품고 있을 줄 누가 알아요?"

나소저는 또 '거울 속 그림자의 주인공은 절대 근심을 끼치지 않는다'고 한 파경의 말을 전하며 이렇게 말했다.

"파경이 시를 지을 줄 모른다면 어떻게 이런 말을 할 수 있겠어요? 한번 불러서 시를 지어 보게 하셔요."

승상이 자못 일리 있는 말이라 여기고는 파경을 불러 이렇게 말했다.

"네가 만일 이 함 속의 물건을 알아내 시를 짓는다면 후한 상을 내릴 것은 물론이요 네가 원하는 것이라면 무엇이든 들어주겠다."

파경이 응낙하지 않으며 말했다.

"후한 상을 내리신다 한들 제가 어찌 시를 지을 수 있겠습니까?"

나소저가 파경의 말을 듣고 승상에게 말했다.

"살기를 좋아하고 죽기를 싫어하는 게 인지상정이지요. 옛날에 어떤 사람이 죄를 지어 사형을 당할 참이었는데 관리가 이렇게 말했답니다.

'네가 만일 시를 지으면 너를 사면해 주마.'

그 사람은 일자무식이었지만 그 분부대로 시를 지었다고 해요. 하물며 파경은 글재주가 넉넉해서 시를 지을 줄 알면서도 못한다고 거짓말을 하고 있으니, 지금 아버지께서 파경을 죽이겠다고 위협하신다면 어찌 저라고 살기를 좋아하고 죽기를 싫어하는 마음이 없어 명을 따르지 않겠어요?"

승상이 딸의 말을 옳게 여기고는 곧바로 파경에게 으름장을 놓았다.

"너는 내 종이건만 내 말을 안 듣겠다니 그 죄는 목을 베어 마땅하다!"

그리고는 다른 종에게 당장 파경의 목을 베라고 명하였다. 파경은 겁먹은 체하며 승상의 분부를 따르겠다고 했다.

이윽고 파경이 함을 들고 나와 중문¹² 안에 앉아서 혼잣말을 했다.

"적군을 깨뜨리기 전에 자기편 모사謀士의 목을 먼저 베려 하는 격이로군. 나 같은 사람이야 죽어도 아까울 게 없지만, 승상은 어떨지 모르겠어."

마침 승상의 아내가 뒷간에 갔다가 우연히 파경의 말을 듣고 들어와 승상에게 말했다.

"파경은 시를 지을 생각이 없나 봅니다."

그리고는 파경이 했던 말을 그대로 전했다. 승상은 유모를 시켜 파경에게 가만히 물어보게 했다.

"너는 글재주가 많아 시를 지을 수 있을 텐데, 대체 바라는 게 뭐기에 죽음을 눈앞에 두고도 시를 짓지 않겠다는 게냐? 소원이

꾼꾼꾼

12. 중문中門 안채와 사랑채 사이에 있는 문.

34

있다면 숨기지 말고 말해라. 내가 네 소원을 이루어 줄 테니."

파경이 묵묵부답이다가 한참 뒤에야 입을 열었다.

"승상이 나를 사위로 삼으시면 틀림없이 시를 짓지요."

유모가 들어가 승상에게 말을 전하자 승상이 성난 목소리로 말했다.

"종놈을 사위로 삼는 법이 어디 있단 말인가? 저놈의 말이 참으로 고약하구나!"

그리고는 다시 이런 말을 전하게 했다.

"네가 시를 짓는다면 내 우선 딸아이의 초상화를 그려 보여 주겠다. 그런 다음 우리 딸아이와 흡사한 얼굴의 여자를 구해 반드시 너와 혼인하게 해 주마."

유모가 다시 나가 그 말을 전하자 파경은 웃음을 띤 채 이렇게 말했다.

"종이에 떡을 그려 놓고 온종일 보고 있으면 배가 부릅답니까? 먹은 뒤에야 배가 부른 법이지."

그러더니 발로 함을 밀어 놓고 드러누워 말했다.

"내 몸이 토막토막 잘려 죽는 한이 있어도 시는 못 짓것다!"

유모가 들어가 승상에게 아뢰자 승상은 말없이 잠자코 있었다. 이때 나소저가 천천히 말했다.

"지금 아버지께서 저를 아끼는 마음 때문에 파경의 말을 듣지 않으셨다가는 틀림없이 나중에 후회하실 거예요. 파경의 말을 들어주시면 부모님께서 영원히 부귀를 누리실 테니, 영예로운 일 아니겠어요? 예부터 아낄 만한 것은 오직 사람의 생명뿐이니, 그밖에 다른 거야 아까울 게 뭐 있겠어요?"

승상이 말했다.

"네 말이 참 훌륭하다, 훌륭해! 부모 된 마음에 천한 아이를 배필로 정해 주었다가는 반드시 네가 원망하는 마음을 품으리라 여겨 허락하지 못하고 있었던 거란다. 그런데 지금 네가 다른 사정은 돌아보지 않고 오직 부모의 목숨을 위해 이런 말을 해 주니, 참으로 효녀라 할 만하구나."

이에 승상이 아내와 더불어 딸의 혼인을 의논하며 이렇게 말했다.

"지금 만약 파경의 말을 듣지 않았다가는 후회하게 될 것 같소."

부인 역시 이렇게 말했다.

"당신 말씀이 옳아요."

승상은 곧장 시중드는 여종에게 명하여, 더운 물로 파경의 몸을 씻어 때를 없애고 비단 수건으로 몸을 깨끗이 닦은 뒤 비단옷을 입히게 했다. 그리고는 마침내 좋은 날을 가려 혼례를 치렀다.

혼례식 다음 날 아침, 승상은 신방에 사람을 보내 파경에게 시를 짓도록 독촉했다. 새신랑이 말했다.

"그깟 시 짓는 일이 뭐 어렵겠습니까? 장차 궁리해 보겠습니다."

그러자 승상은 나소저로 하여금 벽에 종이를 바르고 발가락 사이에 붓을 끼우고 자게 했다.[13] 이튿날 승상이 딸을 불러 물었다.

"신랑이 시를 짓더냐?"

"시는 안 짓고 아직껏 잠만 자고 있어요."

얼마 뒤 나소저는 방 안에서 책상에 기대 졸다가 꿈을 꾸었다. 한 쌍의 용이 하늘에서 내려와 함 위에서 서로 희롱하는데, 오색 색동옷을 입은 동자 여남은 명이 함을 받들고 서서 춤을 추기도 하고 노래를 부르기도 했다. 문득 함이 저절로 열리더니, 이윽고 두 마리 용의 코에서 상서로운 오색 기운이 나와 함 속을 꿰뚫어 비추었다. 붉은 옷에 푸른 머리띠를 한 사람들이 좌우로 늘어서서 시를 지어 읊기도 하고 붓을 잡고 글씨를 쓰기도 했다. 그때 마침 승상이 누군가를 부르는 소리가 들려와 나소저는 놀라 꿈을 깼다. 나소저가 남편을 흔들어 깨우자 신랑이 잠에서 깨더니 즉시 시를 지어 벽에 붙은 종이에다 큰 글씨를 쓰니 용이 날아오르는 듯했다. 그 시는 다음과 같았다.

돌 속엔 둥근 알
반은 옥이요 반은 황금이로다.
시간을 아는 새가 밤이면 밤마다

13. **나소저로 하여금~자게 했다** 최치원이 시를 지으면 즉각 붓으로 종이에 쓰라고 한 일이다.

정만 머금고 소리는 내지 않누나.

이렇게 지은 시를 아내에게 주어 승상에게 전하게 했다. 승상은 시를 보고도 미덥지 못한 표정이더니 나소저가 꿈속에서 본 일을 듣고서야 믿음을 갖게 되었다.

승상이 마침내 시를 받들고 궁궐에 가서 왕에게 바쳤다. 왕이 시를 보고 놀라 말했다.

"경은 함 속의 물건을 어떻게 알아내 시를 지었소?"

승상이 대답했다.

"이 시는 신臣이 지은 것이 아니라 신의 사위가 지은 것입니다. 그 때문에 신도 자세한 사정은 잘 모릅니다."

마침내 왕이 사신으로 하여금 시를 가지고 가서 중국 황제에게 바치게 했다. 황제가 한참 동안 시를 보고는 이렇게 말했다.

"'알'이라고 한 건 맞지만, '정만 머금고 소리는 내지 않누나'라고 한 건 틀렸다."

그런데 함을 열어 보니 그 속에 솜으로 싸 두었던 계란이 병아리로 변해 있는 게 아닌가. 황제는 그제야 비로소 '정만 머금고 소리는 내지 않누나' 라는 구절의 의미를 깨닫고 탄식하며 말했다.

"천하의 기재奇才로구나!"

학사들을 불러 시를 보여 주니 학사들 모두가 찬탄해 마지않았다. 학사들은 곧 황제에게 다음과 같은 글을 올렸다.

소매 속에 든 물건을 알아맞혀 시를 지을 수 있는 사람도 드물거늘, 하물며 신라는 중국에서 멀리 떨어진 제후국인데 그 나라 사람이 중국에서 은밀히 꾸민 일을 알아내 이런 시를 지었으니 그 재주가 과연 어떠하겠습니까? 중국처럼 큰 나라에서도 이런 재주를 얻기 어려운데 작은 나라에 이런 사람이 있으니, 장차 이 작은 나라가 큰 나라를 무시하는 마음을 품지 않겠습니까? 폐하께서는 이 선비를 불러 수수께끼를 풀 수 있었던 까닭을 반드시 알아보시는 것이 좋겠습니다.

황제는 깊이 공감하여 곧바로 신라에 조칙을 보내 시 지은 선비를 중국으로 보내라고 명했다. 그러자 신라 왕은 승상 나업을 불러 이렇게 말했다.

"지금 황제가 장차 우리나라를 침략할 뜻을 품고서 시 지은 선비를 불러들이니, 경의 사위를 보내지 않을 도리가 없소. 하지만 경의 사위가 아직 어려서 그냥 보내기도 어려운 일이니, 다른 사람을 대신 보내면 어떻겠소?"

승상이 대답했다.

"저 역시 그렇게 생각하고 있었습니다. 대왕의 말씀이 옳습니다."

승상이 집으로 돌아와 울며 가족들에게 말했다.

"지금 황제가 우리나라에 명을 내려 시 지은 선비를 중국으로 보내라 하는데, 사위가 아직 어려서 보낼 수 없으니 내가 대신 갈 수밖에 없겠소. 한번 가면 살아 돌아오지 못할 텐데, 어쩌면 좋겠소?"

나소저가 물러 나와 최치원에게 말했다.

"당신은 어떤 시를 지었기에 지금 시 지은 사람을 불러들이라는 황제의 명령이 이르렀답니까?"

그리고 나소저는 승상이 대신 중국에 가기로 했다는 말을 전했다. 최치원이 말했다.

"승상께서 대신 가셨다가는 살아 돌아오지 못할 뿐 아니라 필시 큰 재앙이 있을 거요. 내가 가리다."

"당신이 지금 나를 버리고 만 리 길을 가면 돌아올 수 있을 것 같아요?"

나소저가 이렇게 말하며 슬피 눈물을 흘리자 최치원이 이렇게 위로했다.

"당신은 이런 옛말을 못 들었소? '하늘이 내게 재주를 주신 건 필시 쓸 데가 있기 때문이다.'[14] 내가 이제 중국에 들어가면 천자가 반드시 나를 쓸 테니, 크게 되면 왕이나 제후가 될 것이요 작게 되어도 장군이나 재상은 될 거요. 내가 그때 다시 이곳으로 돌

14. 하늘이 내게~있기 때문이다 당나라 시인 이백李白의 시 「장진주」將進酒의 한 구절.

아와 당신에게 영광스런 모습을 보인다면 이 또한 즐거운 일 아니겠소? 더구나 대장부가 천하를 두루 다니는 것이야 예부터 있던 일이고 이번에 내가 가는 것 역시 대장부에게는 늘 있는 일이니, 돌아오지 못할 이유가 어디 있겠소? 그러니 염려 말아요."

그리고는 승상이 대신 가서는 안 되는 까닭을 자세히 알려 준 뒤 이렇게 말했다.

"승상께 그렇게 잘 좀 말씀드려서 내가 갈 수 있게 해 줘요."

나소저가 비로소 그 뜻을 알아차리고 곧장 윗방으로 가 승상에게 말했다.

"남편의 말이 이러이러합니다."

승상이 그 말을 옳게 여기고 이렇게 말했다.

"사위가 이처럼 충성스런 말을 하다니, 진실로 현명한 사람이로다!"

이에 승상이 궁궐에 들어가 왕에게 아뢰었다.

"신은 사위를 보내고 싶습니다."

왕이 말했다.

"이미 경이 대신 가기로 했으면서 지금에 와서 다시 사위를 보내고자 하는 이유가 뭐요?"

승상이 대답했다.

"신의 사위가 비록 나이 어리지만 재주와 학식이 신보다 열 배는 뛰어납니다. 그래서 함 속에 든 물건이 무엇인지 궁리해서 시를 지을 수 있었던 것입니다. 그러므로 황제가 지금 또다시 시를 짓게 하려고 애당초 시를 지었던 사람을 부른 것이라면 신이 대신 가 보았자 시를 짓지 못하고 결국 우리나라의 체면만 크게 잃고 말 것입니다. 바로 이 때문에 사위를 보내고자 합니다."

왕이 그 말을 옳게 여겨 허락했다.

이튿날 최치원이 궁궐에 들어가 왕을 알현했다. 왕이 물었다.

"네 나이가 몇이냐?"

"열두 살입니다."

"네가 이처럼 어리니 중국에 들어간들 무슨 일을 하겠느냐?"

"나이와 체격이 문제라면 나이 많고 체격이 건장한 천하의 선비들 중에 함 속의 물건을 알아맞혀 시를 지은 사람이 하나도 없었던 것은 어찌된 까닭입니까?"

왕이 경악을 금치 못하더니 곧바로 시험 삼아 이렇게 물었다.

"네가 중국에 가면 황제를 어떻게 대하겠느냐?"

"윗사람과 아랫사람의 관계에서, 윗사람이 윗사람의 도리로 아랫사람을 대우해 주면 아랫사람 또한 아랫사람의 도리로 윗사람을 섬기는 법입니다. 그러므로 지금 대국大國이 윗사람의 도리로 소국小國을 대우한다면 소국이 어찌 감히 아랫사람의 도리로 대국을 섬기지 않을 수 있겠습니까? 대국이 그렇게 하지 않는 것은 우리를 침략하고자 해서입니다. 돌로 만든 함에 계란을 담아 우리나라에 보내 시를 짓게 하더니, 그 뒤에 또 시 지은 사람을 급히 불러들이는 이유가 무엇이겠습니까? 대국이 과연 이처럼 손바닥 뒤집듯 마음을 바꾸면서 소국이 아랫사람의 도리로 섬기기를 바라는 것은 나무에 올라가 물고기를 찾는 것과 같습니다. 신은 황제에게 이런 말을 아뢰고자 합니다."

왕이 그 말을 매우 신기하게 여기고는 자리에서 내려와 최치원의 손을 잡고 말했다.

"네가 중국에 들어가면 내 마땅히 네 집의 모든 부역을 면제하고 네가 돌아올 때까지 의복과 곡식을 내리겠다. 지금 떠나면서 필요한 것이 있으면 말해 보아라."

최치원이 감사하며 이렇게 말했다.

"다른 것은 필요 없고 다만 높이가 50자[15] 되는 모자가 필요합니다."

왕이 즉시 모자를 만들어 주게 했다. 이에 최치원은 하직 인사를 올리고 궁궐을 나오더니 스스로 '신라의 문장가 최치원'이라 칭하며 중국을 향해 길을 떠났다. 바닷가에 이르자 인척들이 술자리를 베풀고 전송했다. 나소저가 이별의 슬픔을 이기지 못하고 이런 시를 지었다.

　　　백조 한 쌍 바닷가에 떠도는데

꽃꽃꽃꽃
15. 50자　약 15미터의 길이.

돛단배 떠나가 파란 하늘에 닿았네.
이별의 술 마시며 부르는 노래에 좋은 마음 하나 없으니
긴긴날 시름 쌓여 밤마다 어이 잘꼬?

최치원 또한 시를 지어 아내를 위로했다.

신방에서 밤마다 괴로워 마오
어여쁜 그대 얼굴 시들까 두렵소.
지금 가면 부귀공명 마땅히 얻어
제후 되어 당신과 부귀를 누리리.

마침내 바다에 배를 띄웠다. 그런데 첨성도[16] 아래에 이르렀을 때 배가 갑자기 빙글빙글 돌며 앞으로 나아가지 못했다. 최치원이 마을 정장[17]에게 이유를 묻자 정장이 대답했다.

"이 섬 아래에 신령한 용이 산다는 말이 있는데, 이 용의 소행이 아닐까 싶습니다. 제사를 지내는 게 어떻겠습니까?"

최치원이 그 말을 따르기로 했다. 배에서 내려 섬 위에 오르니 나이 어린 유생儒生 한 사람이 두 손을 맞잡고 서 있었다. 최치원

16. **첨성도瞻星島** 경상남도 남해군에 창선도昌善島라는 섬이 있는데 혹 이 섬이 아닌가 한다.
17. **정장亭長** 요즈음의 이장里長에 해당하는 관리.

이 이상히 여겨 물었다.

"자넨 누군가?"

유생은 무릎 꿇고 절을 하더니 이렇게 대답했다.

"저는 용왕의 아들로, 이름은 이목[18]입니다."

최치원이 또 물었다.

"자네는 왜 이곳에 왔나?"

이목이 대답했다.

"천하제일의 문장가인 선생께서 이곳에 오신다는 말을 듣고 선생께 배우고자 미리 와서 기다리고 있었습니다."

이목이 또 말했다.

"저희 땅은 인간 세계와는 매우 달라 공자孔子의 학문이 없습니다. 그래서 학문을 하고자 해도 배움을 얻을 방법이 없습니다. 이때문에 저는 항상 이렇게 탄식했습니다.

'내가 무슨 죄를 지었기에 이런 땅에 잘못 태어나 공자의 도를 들을 수 없단 말인가!'

그러던 터에 지금 천하제일의 문장가를 우연히 뵙게 되었으니, 이 어찌 하늘이 제게 성인聖人의 도를 듣도록 하시려는 게 아니겠습니까?"

이목이 거듭 공경을 표하고는 최치원을 용궁으로 안내하려 했

---

18. 이목李牧 '이무기'를 한자 이름으로 표현한 것이다.

다. 최치원이 사양하며 갈 길이 바쁘다고 하자 이목은 간절히 조르며 이렇게 말했다.

"잠시만이라도 들러 주셨으면 합니다."

최치원이 하는 수 없어 허락하고 이렇게 물었다.

"자네 집은 어디 있나?"

"바다 밑에 있습니다."

"그럼 어떻게 가나?"

"제 등에 타시고 잠깐만 눈을 감고 계시면 가실 수 있습니다."

최치원이 그 말을 따랐다. 이윽고 이목이 최치원을 업고 바위 밑을 통해 물속으로 들어갔다. 용궁 앞에 이르자 이목이 말했다.

"벌써 다 왔습니다."

마침내 최치원이 눈을 떠 보니 용궁 문 앞에 도착해 있었다. 최치원이 섬돌 아래에 서 있는 사이 이목이 들어가 용왕에게 최치원이 왔음을 알렸다. 용왕이 몹시 놀라더니 밖으로 나와 최치원에게 절했다. 용왕은 최치원을 용궁으로 맞아들여 용상龍床에 마주 앉게 한 뒤 술자리를 베풀어 고생을 위로했다. 최치원이 갈 길이 바쁘다며 작별하려 하자 용왕이 말했다.

"천하의 문장께서 영광스럽게도 저희 집에 오셨는데 며칠 머물러 주지 않으시고 금세 떠나시겠다니 제 마음이 슬프기 그지없습니다."

그리고는 또 이렇게 말했다.

"제 둘째 아들 이목은 재주가 남들보다 뛰어나니 이 아이를 데려가셨으면 합니다. 만일 큰 변을 당하게 되면 이 아이가 막아 낼 수 있을 겁니다."

최치원이 말했다.

"말씀대로 하겠습니다."

마침내 이목과 함께 떠나 처음 만났던 곳으로 돌아왔다. 정장이 바위 아래에 배를 댄 채 울고 있다가 홀연 최치원이 나타난 것을 보고는 축하 인사를 하며 말했다.

"공公께선 어디에 갔다 오셨습니까?"

"용궁에 다녀왔소."

정장이 말했다.

"아까 공께서 섬에서 제사를 지내려 하실 때 갑자기 광풍이 불어오더니 새하얀 파도가 용솟음치고 바다가 온통 어두컴컴해졌습니다. 그래서 저는 '필시 제사가 효험을 얻지 못해 큰 변이 일어났구나' 생각하며 울고 있었습니다. 돌아오시리라 기대하지 못하다가 다시 뵙게 되니 다행스러운 마음을 이루 다 말할 수 없습니다."

그리고는 또 물었다.

"곁에 계신 분은 뉘십니까?"

"이 사람은 용궁의 현인賢人이라오."

"그렇다면 왜 여기까지 오셨답니까?"

"내가 중국에 간다는 말을 듣고 나를 보려고 여기 왔다고 하오. 좀 전에 바람이 불고 세상이 온통 깜깜해졌던 건 이 사람이 여기 왔기 때문일 거요."

드디어 배를 띄워 길을 떠나니, 오색구름이 돛 위에 늘 서려 있었다.

위이도[19]에 이르렀다. 마침 이곳에는 가뭄이 심해 만물이 모두 붉은빛을 띠고 있었다. 섬사람들은 최치원이 왔다는 말을 듣고는 앞 다투어 뛰어나와 맞이하더니 이렇게 애걸했다.

"섬사람들이 가뭄의 괴로움을 이기지 못해 거의 다 죽었고, 다행히 죽음을 면한 이들 또한 뿔뿔이 흩어지고 말아 섬이 곧 텅 비게 될 운명입니다. 지금 다행히도 천하의 현인께서 오셨으니 모쪼록 비가 오도록 하여 저희 죽을 목숨을 다시 이어 가게 해 주시기 바랍니다. 저희들은 어질고 문장에 뛰어나신 분이 지극 정성으로 기도하면 하늘이 반드시 감응한다고 들었습니다. 공께 힘입어 비가 내린다면 그 크나큰 은혜를 어찌 헤아릴 수 있겠습니까?"

최치원이 이목에게 말했다.

"용왕께서 자네에게 많은 재주가 있다고 하셨지. 자네가 한번 힘을 발휘해서 비가 오게 하면 죽어 가는 섬사람들을 구할 수 있지 않겠나?"

꿀벌꿀벌

19. **위이도魏耳島** 전라남도 신안군에 있는 우이도牛耳島를 가리키는 것으로 보인다.

이목이 최치원의 명을 받고는 마침내 산골짝으로 들어갔다. 잠시 후 검은 구름이 해를 뒤덮어 천지가 온통 어두워지더니 빗줄기가 쏟아지기 시작했다. 순식간에 물이 불어나자 섬사람들이 몹시 기뻐했다.

이윽고 이목이 산골짝에서 나와 최치원의 곁에 앉았다. 그러자 구름이 다시 합하면서 천둥소리가 요란하게 울리더니 비가 아까처럼 다시 쏟아졌다. 그런데 얼마 뒤 푸른 옷을 입은 승려가 붉은 검을 쥐고 하늘에서 내려오더니 이목에게 이렇게 말했다.

"나는 네 목을 베라는 옥황상제의 명을 받고 왔노라!"

검을 휘두르며 다가오자 이목이 몹시 두려워하며 최치원에게 말했다.

"제가 감히 선생의 명령을 어길 수 없어 하늘의 명을 받지 않고 제멋대로 비를 내리게 했기에 하늘의 미움을 받게 되었습니다. 옥황상제의 허락 없이 이런 짓을 해서 벌을 받게 되었으니 어쩌면 좋겠습니까?"

최치원이 말했다.

"걱정 말게. 잠시 몸을 숨기고 있으면 화를 면할 수 있네."

이목이 최치원의 말을 좇아 구렁이로 변신해서는 최치원이 앉은 자리 밑으로 몸을 숨겼다. 승려가 최치원에게 말했다.

"옥황상제께서 나를 내려 보내신 것은 이목을 베어 지은 죄에 합당한 벌을 주기 위해서요. 그런데 지금 그대가 이목을 숨기고 내주지 않으니 그 이유가 뭐요?"

최치원이 말했다.

"이목에게 무슨 죄가 있기에 옥황상제께서 이목을 죽이려 하십니까?"

승려가 말했다.

"이 섬의 사람들은 부모에게 효도하지 않고 형제간에 화목하지 않으며, 가난하고 천한 이들을 속이고 윗사람을 능멸해 왔소. 이처럼 풍속이 극악하므로 옥황상제께서 일부러 비를 내리지 않으셨던 것인데, 지금 이목은 옥황상제의 명도 받지 않은 채 제멋대로 비를 내렸소. 그 때문에 옥황상제께서 이목을 미워하시어 나에게 이목의 목을 베라고 명하신 거요."

최치원이 말했다.

"내가 섬사람들을 위해 이목으로 하여금 비를 내리게 했으니, 죄는 내게 있지 이목에게 있지 않습니다. 죽이려거든 나를 죽이는 게 옳지 않겠습니까?"

승려가 말했다.

"옥황상제께선 내게 이렇게 명하셨소.

'최치원은 천상에 있을 때 사소한 죄를 지어 인간 세계에 유배되었으니, 인간 세계의 녹록한 인간과는 다르다. 네가 이목의 목을 벨 때 만일 최치원이 간절히 만류한다면 삼가 목을 베지 말도록 하라!'"

승려는 그렇게 말하고 최치원에게 인사한 뒤 곧장 하늘로 돌아갔다. 이목이 다시 사람으로 변신하더니 최치원에게 물었다.

"선생은 천상에 계실 때 무슨 죄를 지었기에 인간 세계에 떨어지셨습니까?"

최치원이 말했다.

"월궁月宮에 아직 계수나무 꽃이 피지 않았는데 피었다고 거짓말을 했더니 옥황상제께서 죄를 주시더군."

그리고는 이목에게 말했다.

"자네가 용왕의 아들이라는데, 나는 용의 몸을 본 적이 없으니 한번 보여 주겠나?"

"보여 드리는 거야 어렵지 않습니다만 선생께서 너무 놀라고 두려워하시지 않을까 걱정입니다."

"하늘에서 내려온 승려의 위엄도 두려워하지 않았거늘 자네 몸쯤 본다고 겁을 내겠나?"

"그러시다면 보여 드리겠습니다."

이목이 그렇게 말하고는 산속으로 들어가 금룡金龍의 모습으로 변신한 뒤 최치원을 불렀다. 최치원은 가서 그 모습을 보자마자 넋을 잃고 땅에 엎어졌다. 잠시 후 정신을 차린 최치원이 이목에게 말했다.

"나 혼자 가고 싶으니 자네는 어서 돌아가게."

"부친께서 저로 하여금 선생을 모시고 가게 한 것은 선생께서

가시는 길을 호위하기 위함이었습니다. 아직 중국에 도착하기도 전인데 어찌 갑자기 선생을 두고 돌아갈 수 있겠습니까?"

최치원이 말했다.

"이미 중국에 거의 다 왔고 자네가 할 일도 없을 것이니 여기서 돌아가는 게 좋겠네."

"선생이 굳이 돌아가라고 하시니 말씀대로 하지 않을 수 없군요. 다만 제 용맹함을 보여 드리지 못했는데, 지금 한번 보여 드리고 갔으면 합니다."

최치원이 허락했다. 그러자 이목은 커다란 청룡으로 변신하여 하늘로 용솟음쳐 오르더니 큰 울음소리로 천지를 진동시키며 떠나갔다.

최치원이 절강[20]의 어느 정자에 이르러 쉬고 있는데, 노파 한 사람이 술을 가지고 와 대접하더니 간장에 적신 솜을 주며 이렇게 말했다.

"보잘것없는 물건이지만 반드시 쓰일 데가 있을 거야. 잃어버리지 않도록 주의해야 해!"

최치원이 말했다.

"분부대로 하겠습니다."

그런 다음 노파에게 감사 인사를 하고 떠나 능원[21]에 이르렀다.

---

20. **절강浙江** 중국 절강성을 가리킨다.

노인 한 사람이 길가 집에 앉아 씩씩하게 팔을 휘두르고 있다가 이렇게 물었다.

"어린아이가 혼자 어딜 가느냐?"

최치원이 말했다.

"중원[22]으로 가는 중입니다."

노인이 분연히 말했다.

"네가 중원에 들어가면 틀림없이 큰일이 벌어질 것이니 조심하도록 해라! 조심하지 않으면 살아 돌아오기 어려울 게야."

최치원이 노인에게 절한 뒤 그 이유를 묻자 노인은 이렇게 대답했다.

"지금부터 닷새 동안 길을 가면 큰 강을 만나게 될 거다. 강가에는 아리따운 여인이 왼손에는 거울을 들고, 오른손에는 옥을 받쳐 들고 앉아 있을 게야. 그 여인을 보거든 공손히 절을 한 뒤 네가 어떤 위험을 겪게 될지 묻도록 해라. 그러면 그 여인이 자세히 가르쳐 줄 것이다."

닷새 길을 가니 과연 큰 강이 나타났고, 강가에는 미녀 한 사람이 옥을 받쳐 들고 앉아 있었다. 최치원이 공손히 절하자 여인이 물었다.

꽃꽃꽃꽃

21. **능원陵原** 지명이겠는데 어딘지는 미상.
22. **중원中原** 원래 중국의 중심부를 뜻하는 말이나, 여기서는 수도를 가리킨다고 보면 된다.

"너는 누구냐?"

"신라 사람 최치원입니다."

"어디로 가느냐?"

"중원에 가는 길입니다."

"무슨 일로 가느냐?"

최치원이 사연을 자세히 고하자 여인이 다음과 같이 주의를 주었다.

"중국은 대국이라 소국과는 퍽 다르지. 지금 황제는 네가 온다는 말을 듣고 필시 다섯 개의 문을 설치한 뒤 너를 맞이할 거야. 문 안으로 들어서면 절대 방심하지 말아야 해. 큰 재앙이 닥칠 테니."

그리고는 몸에 차고 있던 주머니 안을 뒤져 부적을 꺼내 주더니 또다시 경계하는 말을 했다.

"맨 바깥의 첫째 문에 이르거든 푸른 부적을 던지고, 둘째 문에 이르거든 붉은 부적을 던지도록 해. 셋째 문에서는 하얀 부적, 넷째 문에서는 노란 부적을 던지고, 마지막 다섯째 문에서는 남의 말에 시를 지어 대답해야 해. 그렇게 하면 재앙이 사라질 거야."

말이 끝나자마자 홀연 여인의 모습이 보이지 않았다.

최치원이 낙양[23]에 이르자 어떤 학사 한 사람이 최치원에게 물

---

23. **낙양洛陽** 하남성 서부의 도시. 당나라의 수도는 낙양이 아니라 장안長安(지금의 서안)이다. 착오로 보인다.

었다.

"하늘에 걸린 해와 달은 하늘 어디에 걸려 있나?"

최치원이 대답했다.

"땅에 실린 산과 강은 땅 어디에 실려 있나? 자네가 땅 어디에 실려 있는지 말하면 나도 하늘 어디에 걸려 있는지 대답해 주지."

학사가 대답하지 못했다.

황제는 최치원이 낙양에 왔다는 소식을 듣고는 최치원에게 속임수를 쓰려고 첫 번째 문부터 세 번째 문까지 세 개의 문 안에 두세 길 깊이의 구덩이를 파 놓았다. 그리고는 구덩이 속에 악공樂工들을 들여보낸 뒤 이렇게 주의를 주었다.

"최치원이 들어올 즈음 모두 힘을 다해 음악을 연주해서 마음을 혼란스럽게 만들어라!"

그렇게 말한 뒤 구덩이 위에 널빤지를 깔고 다시 그 위에 흙을 덮었다. 또 네 번째 문에는 비단 장막을 쳐 놓고 코끼리를 그 안에 넣어 놓았다. 준비가 끝나자 황제가 최치원을 불렀다. 최치원은 첫 번째 문으로 들어오다가 쓰고 있던 모자가 문 위에 부딪히자 탄식하며 말했다.

"소국에서도 내 모자가 문에 닿은 적이 없건만, 대국의 문에 모자가 닿다니!"

최치원은 그 자리에 선 채 들어오지 않았다. 황제가 이 소식을 듣고 몹시 부끄러워하며 즉시 그 문을 부수고 최치원을 들어오게 하라는 명령을 내렸다. 최치원은 그제야 문 안으로 들어왔다.

이윽고 지하에서 음악 소리가 들려왔다. 최치원이 재빨리 푸른 부적을 던지자 즉시 음악 소리가 그쳤다. 두 번째 문에 이르자 또 음악 소리가 들렸다. 이번에는 붉은 부적을 던지자 소리가 잠잠해졌다. 세 번째 문에 이르렀을 때에도 음악 소리가 들렸다. 하얀 부적을 던지자 역시 소리가 잠잠해졌다.

네 번째 문에 이르니 흰 코끼리가 장막 안에 숨어 있는 것이 보였다. 이에 노란 부적을 던지자 부적이 누런빛의 커다란 구렁이로 변해 코끼리의 입을 휘감았다. 코끼리는 감히 입을 열지 못했고, 덕분에 최치원은 안으로 들어갈 수 있었다.

황제는 최치원이 네 개의 문을 무사히 통과했다는 보고를 받고는 놀라며 이렇게 말했다.

"하늘이 내린 사람이로구나!"

다섯 번째 문에 이르니 학사들이 좌우로 길게 늘어서서 앞 다투어 질문을 던졌다. 최치원은 말로 대답하지 않고 오직 시를 지어 답할 뿐이었는데, 잠깐 사이에 지은 시가 이루 헤아릴 수 없을 정도로 많았다. 이에 학사들은 감히 다시 말을 걸지 못했다.

최치원이 드디어 황제 앞에 이르렀다. 황제는 자리에서 내려와 맞이하더니 최치원을 상좌上座에 앉히고 이렇게 물었다.

"경이 함 속에 든 물건을 알아맞혀 시를 지었소?"

"그렇습니다."

"어떻게 알아냈소?"

"신이 듣기로 현자賢者는 천상에 있는 물건이라도 모두 알아낼 수 있다고 하더이다. 신이 비록 불민不敏하나 함 속의 물건쯤 알아내지 못하겠습니까?"

황제가 마음 깊이 감탄하더니 또 이렇게 물었다.

"경은 세 개의 문을 들어올 때 음악 소리를 듣지 못했소?"

"듣지 못했습니다."

황제는 곧바로 세 개의 문 안 구덩이에 들어가 있던 악공들을 불러 추궁했다. 악공들은 모두 한결같이 말했다.

"저희가 힘을 다해 연주하고 있는데 갑자기 하늘에서 푸른색, 붉은색, 흰색 옷을 입을 자들이 내려와 저희 몸을 꽁꽁 동여 묶더니 이렇게 말했습니다.

'큰 손님이 오시니 음악을 연주하지 말라!'

그리고는 몽둥이로 저희를 때려 대니 감히 어쩔 수가 없었습니다."

황제가 깜짝 놀라 사람을 보내 구덩이 속을 살피게 했더니, 구덩이 안에는 큰 뱀이 가득 들어 있었다. 황제가 매우 기이하게 여기고는 이렇게 말했다.

"최치원은 보통 사람이 아니니 함부로 대해서는 안 되겠다."

이에 시녀며 음식이며 곁에서 모시는 관리 등을 모두 황제와 똑같이 하게 했다.

황제는 어느 날 최치원과 며칠을 지내며 이야기를 나누었다. 하지만 그 말이나 행동거지가 보통 사람과 별다른 게 없었다. 황제는 이렇게 생각했다.

'지난번 일이 기이하긴 하지만, 내가 직접 본 것이 아니니 전부 다 믿을 수는 없지. 내가 직접 시험해 봐야겠다.'

그리하여 황제는 식사할 때가 되자 미리 음식에 독약을 넣어 두었다. 음식이 올라왔지만 최치원은 이미 눈치를 채고 음식을 먹지 않았다. 황제가 그 까닭을 묻자 최치원이 대답했다.

"음식에 독이 들어 있어 먹지 않는 겁니다."

"어떻게 알았소?"

"장막 위에서 새가 울더군요. 그 울음소리를 점쳐 보고 알았습니다."

황제가 자리 앞으로 나오더니 이렇게 말했다.

"내가 경의 재주를 몰라보고 이런 잘못을 저지르고 말았으니, 후회막급일 따름이오."

이 일이 있은 뒤 황제의 대우는 날이 갈수록 더욱 두터워졌다.

마침 이해 가을에 천하의 선비들을 모아 과거 시험을 보였는데, 모여든 선비의 수가 8만 5천 8백 명에 이르렀다. 최치원도 과거에 참가했는데 장원을 차지했다. 그러자 황제가 이렇게 말했다.

"최치원은 소국의 선비로서 으뜸 자리를 차지했으니 참으로 귀한 존재로다!"

그리고는 많은 돈을 상으로 내렸다. 이윽고 황제는 과거에 급제한 선비들을 대전大殿 앞에 불러 모은 뒤 시를 짓게 했다. 그런데 이때 문득 한 쌍의 용이 하늘에서 내려오더니 최치원이 지은 시를 물고 하늘로 올라갔다. 황제가 그 소식을 듣고는 최치원을 불러 이렇게 말했다.

　"경은 어떤 시를 지었기에 하늘에서 그 시를 가져간 거요?"

　황제는 최치원에게 방금 지은 시를 읊어 보게 했다. 최치원이 시를 읊자 황제가 찬탄했다.

　"이렇게 지었으니 하늘이 가져갈밖에!"

　마침내 최치원을 문신후[24]에 봉했다.

　몇 년 뒤 황소黃巢[25]가 3만 군사를 모아 지방의 여러 고을을 함락시켰는데, 조정에서는 몇 년 동안이나 토벌에 나섰지만 이길 수 없었다. 마침내 황제가 최치원을 대장으로 삼아 황소의 반란군을 토벌하게 했다. 최치원은 맞서 싸우지 않고 적진에 격문 한 장을 보냈을 뿐이었는데 반란군이 모두 투항했다. 이에 최치원은 반란군의 두목을 사로잡아 돌아왔다. 황제가 매우 기뻐하며 영지領地를 더 하사하는 한편 많은 황금을 내리니, 임금의 총애가 비할 데

---

24. **문신후文信侯** 일찍이 진시황이 재상 여불위를 문신후에 봉한 일이 있다.
25. **황소黃巢** 당나라 희종僖宗 때 농민 반란군의 우두머리. 소금 장수 출신으로, 농민을 규합하여 군사를 일으킨 뒤 하남성·산동성·광동성 일대를 휩쓸며 관군을 격파하고 당나라의 수도 장안에 입성하여 황제를 칭했으나, 곧 이은 관군의 반격에 패하자 자결하였다.

가 없었다. 이로 말미암아 대신들이 최치원을 시기하게 되어 다음과 같이 모함하며 헐뜯는 말을 했다.

"최치원은 중국이 비록 크지만 소국만 못하다고 말하고 다닙니다."

황제가 진노하여 최치원을 남쪽 바다의 섬으로 귀양 보내고 음식을 일절 주지 말도록 했다. 하지만 최치원은 예전에 노파에게서 받았던, 간장에 적신 솜을 밤마다 꺼내 빨아 먹으며 죽음을 면할 수 있었다.

황제는 한 달 뒤 최치원이 죽었는지 알아보려고 사자使者를 섬으로 보냈다. 사자가 "최치원!" 하고 부르자, 최치원은 그 의도를 짐작하고 기어 들어가는 목소리로 대답했다. 사자는 돌아가 황제에게 이렇게 보고했다.

"곧 죽을 것 같습니다."

이에 여러 대신들이 비웃으며 말했다.

"최치원은 소국의 천한 놈이면서 중국에 와 온갖 방법으로 황제를 속였지. 그러다 요행으로 높은 벼슬을 얻고는 세력을 믿고 교만하게 굴더니만 지금은 도리어 그게 재앙이 돼서 굶어 죽게 생겼군."

이때 마침 베트남 사신이 공물貢物을 바치러 당나라에 오다가 최치원이 유배 가 있는 섬을 지나게 되었다. 홀연 섬 위에 한 선비가 승려들과 함께 앉아 책을 읽고 있는 모습이 보였다. 그 곁에는 선녀 수십 명이 늘어서서 노래를 부르고 있었다. 베트남 사신이 배를 멈추고 한참을 보고 있다가 그 선비에게 시 한 수를 지어 달라고 청하자 선비가 시를 지어 주었다. 베트남 사신은 당나라에 이르러 황제에게 그 시를 바쳤다. 황제가 시를 보고 말했다.

"누가 지은 시인가?"

사신이 대답했다.

"신[臣]이 남쪽 바다의 섬을 지나는데, 어떤 선비가 승려들과 함께 앉아 책을 읽고 있고 선녀 수십 명이 그 곁에서 즐겁게 노래를 부르고 있었습니다. 그래서 제가 그 선비에게 시를 지어 달라고 했습니다."

황제가 신하들을 불러 그 시를 보여 주고 이렇게 말했다.

"시에 담긴 뜻으로 보건대 최치원이 지은 듯하다만, 석 달 동안이나 음식을 끊고 어찌 살아 있을 리가 있겠느냐? 분명 최치원의 혼령이 지은 시일 것이다."

이에 다시 사자를 섬으로 보냈다. 사자가 또 "최치원!" 하고 부르자 최치원이 목청을 높여 말했다.

"너는 뭐 하는 놈이기에 건방지게 매번 내 이름을 부르는 게냐?"

그렇게 말하고는 꾸짖기를 그치지 않는 것이었다. 사자가 돌아와 이렇게 보고했다.

"최치원이 죽지 않았음은 물론이요, 목청껏 소리를 높여 대답했습니다."

황제가 몹시 놀라 말했다.

"하늘이 돕는 사람이로다!"

황제가 다시 사자에게 명령했다.

"최치원을 불러들여라."

사자는 황제의 명에 따라 최치원을 낙양으로 데려왔다. 황제가 최치원을 자신의 방으로 부르더니 이렇게 물었다.

"경은 석 달이나 밖에 있었는데, 어찌하여 한 번도 꿈속에 나타나지 않았던고?"

황제가 또 물었다.

"'하늘 아래 왕의 땅 아닌 곳이 없고, 땅에 사는 사람 중에 왕의 신하 아닌 이가 없다'[26]는 말이 있지. 이 말대로라면, 경이 비록 신라 사람이긴 하나 신라 또한 나의 땅이요, 경의 임금 또한 나의 신하다. 그렇건만 경이 나의 사자를 꾸짖은 이유는 무엇인가?"

최치원이 허공에 손으로 '한 일一' 자를 긋더니 펄쩍 뛰어올라 자신이 쓴 글자 위에 앉았다. 그리고는 이렇게 말했다.

"여기도 폐하의 땅입니까?"

황제가 놀란 나머지 의자에서 내려와 머리를 조아리며 사죄했다. 최치원이 황제에게 말했다.

꾸꾸꾸꾸

26. 하늘 아래~이가 없다 『시경』詩經 소아小雅 「북산」北山에 나오는 말.

"폐하께서 소인배들의 모함하는 말을 듣고 훌륭한 신하를 죽음에 이르게 하였으니, 이제 나는 우리나라로 돌아가겠습니다."

그러고는 소매에서 '돼지 저猪' 자가 적힌 종이를 꺼내 땅에 던지자 종이가 금세 푸른 사자가 되었다. 마침내 최치원은 그 사자를 타고 날아올라 구름 사이로 들어갔다.

신라 땅으로 들어서니 시냇가에 사람들이 모여 있는 것이 보였다. 최치원이 친구에게 묻자 친구가 거짓말로 이렇게 대답했다.

"국왕께서 밖에 나와 계신 걸세."

최치원이 그 말을 곧이듣고 사람들이 모인 곳으로 가까이 가 보니 그저 사냥꾼들일 뿐이었다. 최치원이 친구에게 말했다.

"내 너에게 속았구나."

마침내 말을 타고 달려 동문東門 밖에 이르렀다. 때마침 신라 왕이 밖에 나와 있다가 최치원이 말을 타고 행차 앞을 그대로 지나쳐 가는 것을 보았다. 왕은 사람을 시켜 최치원을 포박해 오게 한 뒤 매우 준엄하게 꾸짖었다.

"국왕의 행차를 범하는 죄를 지었으니 너를 죽여야 마땅하다만 그동안 세운 공이 많으므로 차마 벌을 주지는 못하겠다. 지금 이 후로는 내 앞에 나타나지 말라!"

이 일 때문에 최치원은 신라 왕에게 죄를 얻어 마침내 가족을 이끌고 가야산으로 들어갔다. 나무 아래에 거꾸로 매달아 둔 갓과 신이 발견됐는데, 그 뒤 어떻게 됐는지는 알 수 없다.

전우치전

조선 중종中宗 때 전우치田禹治라는 이가 살았다. 전우치는 문장에 능하고 여러 가지 재주를 지녔는데, 과거에 수차례 응시했지만 그때마다 번번이 떨어졌다. 삼각산의 절에 머물며 공부하고 있던 어느 날 밤중에 홀연 소년 한 사람이 찾아왔다. 얼굴이 그림처럼 수려했으며 행동거지가 점잖고 침착해 보였다. 소년은 이렇게 말했다.

"산장에서 글을 읽으며 밤이 깊도록 주무시지 않으니 힘들지 않으십니까?"

전우치가 말했다.

"내가 좋아서 하는 일인데 힘들 게 뭐 있겠소? 그런데 뉘시기에 한밤중에 갑자기 이 산속엘 왔소?"

소년이 말했다.

"저도 이 산에서 글공부를 하고 있습니다. 선생께서 부지런히 공부하신다는 소문을 듣고 만나 뵙고 싶어 찾아왔습니다."

그리고는 책상 위에 놓인 『주역』周易을 가리키며 물었다.

"선생은 『주역』을 아십니까?"

"대략의 내용만 겨우 아는 정도요."

"가르침을 받고 싶습니다."

그러더니 소년은 책을 펴고 어려운 대목을 질문했는데, 그 식견이 지극히 높았다. 전우치는 소년을 상대한 걸 크게 뉘우치며 이렇게 생각했다.

'한밤중에 까닭 없이 깊은 산속에 찾아온 것부터가 의심스러운데다 나이 어린 소년이 『주역』의 이치를 깊이 통달했으니 이 또한 의심스럽다. 산도깨비나 나무에 깃들인 귀신이 아니면 필시 여우가 둔갑한 것이리라!'

전우치는 마침내 소년을 속여 이렇게 말했다.

"오늘 밤은 이미 늦었으니 내일 일찍 와서 토론을 벌이는 게 좋겠소."

소년이 고개를 끄덕이고 나갔다. 전우치는 절의 승려에게 분부를 내려 미리 굵은 밧줄을 준비해 두게 했다.

이튿날 밤에 소년이 또 찾아왔다. 전우치가 말했다.

"왜 낮에 오지 않고 밤에 온 거요?"

"낮에 오려고 했습니다만, 할 일이 있어서 밤에 오게 되었습니다."

서로 조용히 이야기를 나누다가 전우치가 말했다.

"그대를 깊이 아끼는 마음이 생겨 그대 손을 한번 잡아 보고 싶소."

전우치는 소년의 손을 잡자마자 승려를 불렀다. 승려는 즉각 밧줄을 들고 들어와 소년의 몸을 꽁꽁 동여맸다. 소년이 말했다.

"같은 유생儒生끼리 이 무슨 짓입니까?"

소년이 풀어 달라고 애걸했지만 전우치는 듣지 않고 소년을 묶어 대들보에 매달더니 이렇게 말했다.

"네 비록 사람의 모습을 하고 있다만 실은 여우의 정령임이 분명하다. 내일 날이 훤해지면 본모습을 감출 수 없을 테니, 그때 네놈을 베리라!"

소년이 말했다.

"제가 천서天書¹ 세 권을 가지고 있습니다. 선생께서 저를 풀어 주시면 그 책을 모두 드리겠습니다."

진우치가 말했다.

"네가 책 있는 곳을 말하면 내가 책을 찾아온 뒤에 너를 풀어 주겠다. 그렇게 못하겠다면 죽음이 있을 뿐이다."

소년은 아무 곳 아무 바위 굴에 그 책을 두었다고 자세히 말했다. 전우치는 건장한 승려 몇 사람에게 큰 몽둥이를 들고 밤새 뜬 눈으로 소년을 감시하게 했다.

1. 천서天書 하늘에서 내린 책.

이튿날 새벽, 전우치가 직접 가서 찾아보니 절 뒤 멀지 않은 곳에 있는 바위 굴에 과연 비단 보자기로 싼 책 꾸러미가 있었다. 보자기를 펴 보니 천天·지地·인人 세 권의 책이 있었다. 첫째 권인 『천권』天卷에는 바람을 부르고 비를 내리는 법, 구름을 타고 학을 타는 법, 드넓은 우주에 노니는 법과 천상 세계에 오르는 법, 하늘을 받들어 불로장생하는 법이 적혀 있었다. 둘째 권인 『지권』地卷에는 산을 뛰어넘고 바다를 건너는 법, 축지법 및 바위를 뚫고 지나는 법, 호랑이와 표범을 타는 법과 용과 이무기를 길들여 부리는 법, 땅과 더불어 함께 사는 법이 적혀 있었다. 마지막 『인권』人卷에는 천문과 지리, 의약과 점술, 몸을 숨기고 해를 피하는 법, 무엇이든 마음먹은 대로 할 수 있는 방법이 적혀 있었다. 세 권 모두 설명이 매우 자세했다. 전우치는 책을 잠깐 들춰 보고 몹시 기뻐하다가 이윽고 책을 들고 절로 돌아왔다. 소년이 대들보에 매달린 채 살려 달라고 빌자 전우치가 말했다.

"풀어 준 뒤에 또 나타나 요망한 짓을 하면 그때는 가차 없이 죽이고 말 테다."

소년은 "예예" 소리를 연발하더니 풀려나자마자 여우로 변해 달아났다. 전우치는 즉시 『인권』人卷을 펼쳐 붉은 물감으로 구두점을 찍으며 읽었다.

이튿날, 『인권』을 거의 다 읽어 갈 무렵 본가의 아이종이 와서 말했다.

"마님²께서 갑자기 병환이 생겨 위독하십니다."

전우치는 못 들은 체했다. 집으로 가서야 한다고 몇 번을 독촉해도 꿈쩍도 않자 아이종은 원망하며 돌아갔다. 얼마 안 있어 아이종은 또 다른 종과 함께 와서 이렇게 말했다.

"마님께서 갑자기 돌아가시는 바람에 대부인께서 놀라고 슬퍼하시다 앓아누우셨습니다. 병세가 심상치 않으니 내려가셔야겠습니다."

전우치는 요괴가 둔갑술을 부리는 줄 알아차리고 마음의 동요 없이 책에 구두점 찍는 일을 계속했다. 그런데 이번에는 본가의 여종이 헐레벌떡 통곡하며 달려와 모친의 부음(訃音)을 전했다. 전우치는 거짓이라 생각하면서도 놀라운 마음을 참을 수 없어 울며 황급히 뛰쳐나갔다. 남종 하나는 뒤따르게 하고 또 다른 남종과 여종은 절에 남겨 짐을 꾸리게 했다.

그런데 집에 도착해 보니 어머니는 무고하시고, 아내 역시 아무 탈이 없었다. 절에 올라왔던 남종 둘과 여종 하나도 모두 집에 있었다. 무슨 일이 있었느냐 물으니 모두 모른다는 대답뿐이었다. 전우치는 분통함을 이기지 못해 급히 말을 타고 절로 올라갔다. 승려에게 남겨 두었던 종들의 행방을 묻자 승려는 이렇게 대답했다.

"댁에서 온 종들이 이불 보따리는 가져가지 않고 책 두 권만 옆

2. **마님** 전우치의 아내를 가리킨다.

구리에 끼고 갔습니다. 한 권은 남겨 두고 가더군요."

전우치가 남겨 둔 책을 펴 보니 바로 『인권』이었다. 붉은색으로 구두점 찍어 놓은 것을 꺼려서[3] 가져가지 못했던 것이었다. 전우치는 세 권을 모두 갖지 못한 것이 몹시 한스러웠지만 그나마 한 권이라도 가지게 된 것을 다행으로 여겼다.

전우치가 그 책을 밤낮으로 익혀 묘리를 터득하매 변화무쌍한 요술을 부릴 수 있게 되어 하지 못하는 일이 없게 되었다. 그리하여 사대부의 집이나 궁궐 안을 출입하며 인륜에 어긋나고 의롭지 못한 짓을 많이 벌이고 다녔으나, 제어할 수 있는 사람이 아무도 없었다. 전우치는 이제 온 세상에 두려울 게 없다고 생각했다. 꺼림칙하게 여기는 존재라곤 오직 서화담[4]과 윤군평[5] 두 사람뿐이었는데, 이 두 사람만 제압할 수 있다면 온 나라를 누비고 다니며 가는 곳마다 무슨 일이든 뜻대로 할 수 있다고 여겼다.

전우치는 먼저 향교동[6]에 있는 승지 윤군평[7]의 집을 방문했다. 윤군평은 작은 대청에 혼자 앉아 있었다. 전우치가 들어가 인사

3. **붉은색으로 구두점~것을 꺼려서** 귀신이나 요괴는 붉은색을 싫어한다.
4. **서화담徐花潭** 조선 중종中宗 때의 학자 서경덕徐敬德을 가리킨다. '화담'은 그의 호이다.
5. **윤군평尹君平** 16세기에 생존했던 인물로, 신선술神仙術을 추구하던 도인道人이다.
6. **향교동鄕校洞** 조선시대 서울의 중부中部에 있던 동네 이름.
7. **승지 윤군평** 윤군평이 왕명의 출납을 담당하던 정3품의 승지承旨 벼슬을 지냈다는 것은 사실과 다르다. 『지봉유설』芝峰類說에는 윤군평이 군관軍官으로 중국에 다녀왔다고 기록되어 있는바, 서리나 군교軍校 신분으로 추정된다.

72

하고 이렇게 물었다.

"듣자니 영감[8]께선 요술을 부리실 수 있다고들 하던데, 한번 보여 주시기 바랍니다."

윤군평이 말했다.

"나는 모르는 일이오."

전우치는 자기 재주를 자랑하고 싶어 이렇게 말했다.

"소생이 작은 재주를 보여 드리고 싶습니다."

그러고는 소매 속에서 붉은 부적을 하나 꺼내 주문을 몇 마디 중얼대며 던지자 부적이 참새로 변해 날아갔다. 이윽고 커다란 구렁이가 솔숲에서 꿈틀꿈틀 기어 나와 혀를 재빨리 날름거리며 윤군평을 노려보았다. 구렁이는 윤군평이 앉은 자리를 향해 곧장 다가와 거의 무릎 앞까지 이르렀다. 윤군평이 책상 위에서 붉은 부적 하나를 집어 던지자 구렁이는 곧바로 방향을 돌려 전우치를 향해 기어갔다. 전우치가 너무 놀라 엎어져 기절했다가 잠시 후에 정신을 차리니 구렁이는 온데간데없었다.

전우치는 속으로 윤군평의 능력에 감탄하면서도 재주를 과시하고 싶은 마음에 또 한 번 붉은 부적을 꺼내 주문을 외며 던졌다. 이번에는 솔숲에서 호랑이가 어슬렁거리며 나왔다. 호랑이는 눈을 부릅뜨고 노려보며 한껏 입을 벌린 채 윤군평을 향해 다가

8. 영감令監 종2품과 정3품의 관원을 이르는 말. 대감大監의 다음가는 관원.

갔다. 금방이라도 윤군평을 집어삼킬 기세였다. 윤군평이 또 책상 위에서 붉은 부적을 집어 던지자 호랑이는 즉시 몸을 돌리더니 전우치를 향해 펄쩍 뛰어올랐다. 전우치가 또 기절해 엎어졌다가 얼마 뒤 깨어나 보니 호랑이가 보이지 않았다. 전우치는 비로소 무릎을 꿇고 엎드려 절하며 말했다.

"선생의 도술이 저보다 윗길인지 미처 몰랐습니다."

그리고는 하직 인사를 하고 떠났다.

잠시 후에 윤군평이 붉은 부적을 공중에 던지고는 아들을 불러 이렇게 말했다.

"전우치가 나를 우습게보니 한번 혼을 내주려 한다. 아마 지금쯤 사헌부[9]에서 형을 받고 있을 게다."

그리고는 아들에게 부적 하나를 주며 말했다.

"네가 이걸 갖고 가서 이리이리하도록 해라."

아들이 즉시 사헌부 대문 밖에 가 보니, 사헌부의 모든 관리들이 대청에 늘어앉아 있고 아전과 사령[10]들이 뜰에 늘어선 가운데 전우치가 형벌을 받으며 괴로워하고 있었다. 윤군평의 아들이 붉은 부적을 던지자 갑자기 사헌부 안의 사람들이 싹 사라지고 관

---

9. **사헌부司憲府** 조선시대에 국가 행정을 감시하고 관리들을 감찰하며 풍속을 바로잡는 일을 관장하던 기관.
10. **사령使令** 조선시대 각급 관청에 딸린 하졸下卒. 심부름이나 허드렛일, 죄인에게 곤장 치는 일 등을 담당했다.

청이 텅 비었는데, 오직 전우치 혼자 몸을 동글게 말아 웅크린 채 뜰에 앉아 있을 따름이었다. 전우치가 손발을 쭉 펴고 일어나 윤군평의 아들에게 말했다.

"이제 영감의 신령스런 도술에 깊이 심복하게 되었습니다. 부친께 제 뜻을 꼭 전해 주시기 바랍니다."

한번은 또 이런 일이 있었다. 전우치가 성균관의 하마비[11] 앞을 지나던 때다. 전우치는 멀리서 윤군평이 앞뒤로 호위를 받으며 오는 것을 보자마자 요술을 부려 몸이 보이지 않게 했는데, 그만 옷자락을 조금 드러내 보이고 말았다. 윤군평이 즉시 몸을 감추자 윤군평의 일행은 모두 싹 사라졌으며 어디로 갔는지 보이지 않았다. 그 순간 전우치의 허리와 무릎이 저절로 꺾이며 몸이 바닥에 착 달라붙어 사헌부에서 형벌을 받던 때처럼 옴짝달싹할 수 없게 되었다. 윤군평이 집으로 돌아가 아들에게 말했다.

"전우치가 아직도 마음을 고쳐먹지 못했더구나. 그래서 내가 일부러 이리이리해 두었는데, 벌써 반나절이 지났으니 이젠 풀어 주어야겠다."

그러고는 다시 붉은 부적을 공중에 던졌다.

얼마 뒤 전우치가 윤군평을 찾아와 뵙기를 청했지만 윤군평은

---

11. **하마비**下馬碑 '말에서 내려 지나가라'는 경고문을 새겨 놓은 비석. 종묘나 궁궐 앞에 세웠는데, 누구든 그 앞을 지날 때는 말에서 내려야 했다.

만나 주지 않았다. 전우치는 이런 말을 전하게 했다.

"앞으로는 감히 다른 마음을 먹지 않겠습니다."

하지만 전우치는 또 서화담과 도술을 겨뤄 보고 싶은 생각이 들었다. 이에 곧장 개성으로 가서 먼저 서화담의 아우인 서숭덕徐崇德을 찾아가 자신의 도술을 선보였다. 숭덕은 매우 기뻐하며 전우치의 도술에 혹했다. 한편 서화담의 누이동생은 처녀였는데, 전우치가 부리는 도술을 숨어서 보고 매우 신기하게 여겼다.

어느 날 밤이었다. 앞산에서 노루가 울자 서숭덕이 전우치에게 말했다.

"저 노루를 죽일 수 있습니까?"

전우치가 말했다.

"쉬운 일이지요."

부적을 던지자마자 노루 울음소리가 그쳤다.

이튿날 아침, 숭덕이 가 보니 수풀 아래 노루가 죽어 있었다. 숭덕은 더욱 전우치에게 감복하는 마음을 가지게 되었다. 전우치가 숭덕에게 자신의 재주를 형에게 자랑해 줄 수 있겠느냐고 하자 숭덕은 그 말대로 서화담에게 가서 전우치를 극구 칭찬하는 말을 늘어놓았다. 그러자 화담선생은 숭덕을 꾸지람하여 물리쳤다. 그때 누이동생이 또 이렇게 말했다.

"오라버니께서 한번 시험해 보셨으면 좋겠어요."

이렇게 청하기를 그치지 않자 화담선생은 아녀자까지 꾸짖기에는 뭣하다 여겨 웃으며 그러마고 허락했다.

마침내 전우치가 찾아뵙자 화담선생이 말했다.

"뉘시기에 멀리서 저를 만나러 오셨습니까?"

전우치가 말했다.

"제가 도술을 좀 할 줄 알아 선생께 한번 보여 드리고 싶은데 괜찮겠습니까?"

화담선생이 말했다.

"좋을 대로 하시지요."

전우치는 밖으로 나가 무수히 많은 참새를 몰아 화담선생이 앉은 자리 앞에서 높이 날아오르게 했다. 그러자 숭덕이 말했다.

"기이하지 않습니까?"

누이동생 역시 창 안에서 지켜보고는 혀를 차며 감탄했다. 이때 화담선생이 "핫!" 하고 기합을 넣자 참새 떼가 뜰 가운데로 내려오더니 복숭아 잎으로 변했다.

전우치가 이번엔 부적을 날렸다. 그러자 호랑이가 포효하며 동산에서 뛰어들었다. 눈을 치켜뜬 채 허연 이빨과 뻘건 잇몸을 드러내고 누린내 나는 입김을 뿜어내며 발톱을 세워 당장이라도 사람을 낚아채 물어뜯을 기세였다. 화담선생이 다시 "핫!" 하고 기합을 넣자 호랑이는 별안간 전우치를 낚아채 물어뜯었다. 전우치가 쓰러지는 순간 호랑이는 사라졌다.

화담선생의 아우와 누이는 놀랍고도 무서워 턱을 덜덜 떨며 전우치의 목숨을 살려 달라고 빌었다. 화담선생이 말했다.

"너희들이 앞으로는 요사스런 도술에 홀리지 않을 수 있겠느냐?"

그리고는 부채로 전우치를 치자, 전우치가 기지개를 펴고 일어나더니 뜰 아래로 내려와 머리를 조아리며 사죄했다.

"선생의 도술이 이처럼 높으신지 헤아리지 못하고 작은 재주를 펴 보였으니 제가 죽을죄를 지었습니다. 제가 한 것은 요사스런 도술에 불과합니다. 그저 세상 사람들을 우롱하는 데나 쓰일 뿐이니, 선생께서 지니신 신선의 도술과는 감히 비교도 할 수 없습니다. 일전에 윤승지[12]에게 제 재주를 보인 적이 있었습니다만, 윤승지가 공부한 것 역시 신선의 도술이었기에 제가 대패하고 말았습니다. 그런데 지금 선생의 도술은 또 윤승지보다도 몇 곱절 뛰어나십니다."

선생이 말했다.

"이른바 '신선의 도술' 이니 '요사스런 도술' 이니 하는 게 무언지는 잘 모르겠소. 나는 다만 올바름으로 사악함을 제압했을 뿐이오. 듣자니 당신이 요사스런 도술을 부리며 의롭지 못한 짓을 많이 벌이고 다닌다고 하더구려. 앞으로 서울에 있지 않고 멀리 깊은 산속에 숨어 살며 다시는 함부로 요사스런 도술을 부리지

---

12. **윤승지** 윤군평을 가리킨다.

않는다며 이쯤에서 그치겠지만, 만일 내 말을 따르지 않는다면 목숨을 잃을 것이오."

전우치가 머리를 조아리고 말했다.

"삼가 가르침을 받들겠나이다."

이로부터 전우치는 자취를 감추어 세상에서는 그 종적을 알지 못했다.

전우치는 문장 실력이 매우 뛰어났다. 그래서 당시 8대 문장가와 그 밖의 고수들, 이를테면 김시습, 서거정, 이행, 남효온, 정사룡, 소세양, 심언광, 홍유손, 홍귀달, 강혼, 남곤, 박은, 심의, 박지화 같은 대가大家들을 모두 우습게보았다. 전우치가 남효온의 시 「만월대」[13]에 차운次韻하여 지은 시가 있는데, 다음과 같다.

고려의 만월대 길 앞에 서니

사람의 마음 오래도록 한가롭지 않네.

미녀의 보조개는 하늘 위 달에 남았고

궁녀의 머리는 바다 속 봉우리 되었네.

석양 밖 꽃잎은 물 따라 흐르고

성곽 사이로는 쇠잔한 구름이 보슬비 뿌리네.

요동遼東의 학[14] 오지 않아 세상사 다하고

❀❀❀❀

13. **만월대滿月臺** 개성에 있는 고려시대의 왕궁 터.

인생의 성쇠에 머리만 세었네.

또 남곤[15] 일파를 풍자하여 고시古詩를 지었는데, 그 시는 다음
과 같다.

왕망이 『주례』로 나라를 바로잡은 거라면[16]
남곤의 문장은 이윤[17]이나 주공[18]쯤 되고말고.
진짜와 가짜가 구분이 안 돼
명월주明月珠도 옥 구슬이요 생선 눈깔도 옥 구슬이거늘
도마뱀이 용을 비웃으면 진짜 용이 부끄러워하네.
산에 사는 은자 머리 긁적이며 일찌감치 돌아가니
계수나무 우거진 낭떠러지의 바람과 달이 좋군.

❀❀❀❀
14. 요동遼東의 학 옛날 중국의 정령위丁令威라는 사람이 신선술을 배워 학이 되어 고향인 요동에 돌
    아왔다는 고사가 있다.
15. 남곤南袞 중종 때의 문신으로, 기묘사화를 일으켜 조광조 등을 숙청하고 영의정을 지냈다. 이 때
    문에 훗날 간사한 소인배로 비난받았다. 문장과 글씨에 뛰어났다.
16. 왕망이 『주례』로~바로잡은 거라면 왕망王莽은 한漢나라의 권력을 찬탈해 신新이라는 나라를 세
    운 뒤 황제가 되었으며, 고대의 책인 『주례』周禮에 따라 국가 제도를 새롭게 정비하였다. 하지만
    이는 모방에 불과했으며 진정한 개혁과는 거리가 멀었으므로 후세에 늘 비난의 대상이 되었다.
17. 이윤伊尹 은殷나라의 어진 재상.
18. 주공周公 주周나라를 세운 문왕文王의 아들로, 형인 무왕武王과 무왕의 아들 성왕成王을 도와 주
    나라 왕조의 기초를 확립하였다.

또 언젠가 「월굴부」月窟賦라는 글을 지어 세상에 회자되었는데, 정사룡[19]이 이 글을 보고 극찬해 마지않았다. 심언광[20]이 일찍이 30운韻의 배율[21]을 지은 바 있는데, 전우치가 그 시를 보고 웃더니 즉시 차운하여 시를 지었다. 그중 한 구절은 다음과 같다.

절세의 피리 소리 푸른 강 지나는데
미인이 하늘가에서 비단 창을 여네.

또 한번은 남을 시켜 운자韻字를 부르게 하고 50운의 배율을 지었는데, 그중 한 구절은 다음과 같다.

맑은 창엔 달 하나와 매화 가지 셋이요
푸른 바다엔 구름 없고 기러기 여섯.

시의 격조가 지극히 높았건만 요사한 도술 때문에 사람과 함께 문장까지도 버려지고 말았으니, 애석한 일이다.

---

19. **정사룡鄭士龍** 조선 명종 때의 문신으로, 성균관 대사성大司成과 대제학大提學을 지냈다. 조선 전기의 뛰어난 시인 중 한 사람이다.
20. **심언광沈彦光** 중종 때의 문신으로, 부제학副提學·이조판서 등을 지냈으며 문장에 뛰어났다.
21. **배율排律** 한시 형식의 하나. 다섯 글자 혹은 일곱 글자로 이루어진 시구를 12개 이상 늘어놓은 시 형식.

나는 이렇게 논평한다.

"주자²²와 서화담이 어찌 잡된 술법을 좋아했겠는가? 이분들은 모든 이치와 학문에 통달했으므로 하지 않았던 것이지, 할 수 있는 능력이 없었던 것은 아니다. 주자가 『참동계』²³를 풀이하는 글을 짓고, 서화담이 전우치의 술법을 제압하여 굴복시킨 일은 같은 이치이다. 하물며 군자는 '정'正이고 술사術士는 '사'邪이며, 군자는 '양'陽이고 술사는 '음'陰이니, '사'가 '정'을 이기지 못하고 '양'이 '음'을 제압하는 것은 당연한 이치이다. 거무패²⁴는 비바람을 불러일으키고 종이로 사람을 만들거나 풀로 말을 만들었으며 호랑이를 내달리게 하고 용을 날아오르게도 했으니 그 술법이 매우 기이했지만, 황보숭²⁵이 채찍을 한 번 휘두르자 격파당하고 말았다. 귀신의 얼굴을 하고 요망한 짓을 하는 요괴는 참으로 두려워할 만하지만, 범중엄²⁶이 붓을 한 번 들자 싹 사라지고 말았다. 이 또한 '정'이 '사'를 이기고 '양'이 '음'을 제압하는 이치이다. 그러니 군자가 해야 할 일을 의심해서야 되겠는가?"

꿈꿈꿈꿈

22. **주자**朱子 남송南宋의 학자 주희朱熹를 말한다.
23. **『참동계』**參同契 후한後漢 때 위백양魏伯陽이 지은 『주역참동계』周易參同契를 말한다. 『주역』의 형식을 빌려 연단술煉丹術을 논한 도교 서적이다. 주희는 이 책에 대한 연구서인 『주역참동계고이』周易參同契考異를 지은 바 있다.
24. **거무패**巨無覇 한나라 때의 술사術士.
25. **황보숭**皇甫嵩 후한 말의 명장名將. 황건적의 난을 평정하는 데 큰 공을 세웠다.
26. **범중엄**范仲淹 송나라의 재상. 서하西夏의 침입을 막은 공으로 추밀부사樞密副使가 되고, 이어 참지정사參知政事로 승진하여 내정 개혁에 힘썼다.

82

장
도
령 임방

조선 중종中宗 때 서울에 한 거지가 살았는데, 용모가 매우 추악하고 볼품이 없었다. 나이는 마흔 살쯤 되었지만 여전히 댕기 머리를 한 채, 어깨에 자루 하나를 메고 시장을 다니며 구걸을 했다. 낮이면 성안을 두루 돌아다녀 발길 닿지 않는 곳이 없었고, 밤이면 남의 집 문간에서 잠을 잤는데 종각 근처에서 잘 때가 많았다. 종로 거리의 품팔이꾼이며 무뢰배들이 그 거지를 날마다 보고는 친해져서 함께 장난을 치며 놀곤 했다. 거지가 자기 성이 장씨蔣氏라고 했으므로 사람들은 모두 그를 '장도령'이라고 불렀다. '도령'이란 본래 우리나라 풍습에 아직 혼인하지 않은 양반 총각을 일컫는 말이다.

이때 방사[1] 전우치[2]가 기이한 도술을 가지고 세상에서 자못 오

꽃무늬 장식

1. **방사方士** 신선의 술법을 닦는 사람.
2. **전우치** 16세기에 생존했던 방사方士. 이 책에 실린 「전우치전」 참조.

만하게 굴고 있었다. 그런데 그런 전우치가 길에서 장도령을 만나면 그때마다 황급히 말에서 내려 종종걸음으로 달려와서는 큰절을 하고 감히 올려다보지도 못하는 것이었다. 전우치가 절을 하면 장도령은 고개도 끄덕이지 않고 이렇게 물었다.

"요새 잘 지내나?"

전우치가 공손히 두 손을 모으고 "예예" 대답을 하는데, 몹시 두려워하는 기색이었다. 어떤 때는 전우치가 절을 해도 장도령은 못 본 듯이 무시하며 눈길 한 번 주지 않고 지나쳐 갔다. 이 광경을 본 사람들이 괴이하다 여겨 전우치에게 그 이유를 묻자 전우치가 이렇게 대답했다.

"우리나라에 지금 신선이 세 분 계신데, 장도령이 가장 높은 신선이시고, 그 다음이 정렴,[3] 그 다음이 윤세평[4]이라오. 세상 사람들은 모두 모르고 있지만 나는 알고 있으니, 어찌 공경하며 두려워하지 않을 수 있겠소?"

사람들은 여전히 의심을 품고, 전우치가 요망하고 허튼 사람이므로 그 말 또한 믿을 수 없다고 생각했다.

성안에는 음관[5]이 한 사람 살았는데, 그 집 대문이 길가로 나

꽃꽃꽃꽃

3. 정렴鄭礦 16세기의 저명한 이인異人으로, 방술方術에 능했다.
4. 윤세평尹世平 신선술로 이름 높은 16세기의 인물.
5. 음관蔭官 공신功臣이나 고위 관원의 자제로서 과거에 의지하지 않고 특별히 벼슬에 임명된 사람.

있이 장도령이 길에서 구걸하는 모습을 자주 보게 되었다. 하루
는 음관이 장도령을 불러 그 내력을 물었더니 장도령이 이렇게
대답했다.

"저는 본래 호남의 사대부 집안 출신이온데, 부모님이 돌림병
으로 모두 돌아가셨습니다. 형제도 없고 친척도 없어서 외로운
제 한 몸 기댈 곳이 없었지요. 그래서 떠돌아다니며 구걸을 하다
가 부평초처럼 서울까지 오게 됐습니다. 할 줄 아는 게 한 가지도
없고, 낫 놓고 기역 자도 모른답니다."

음관은 장도령이 사대부 집안 출신이라는 말에 매우 가여운 마
음이 들어 술과 음식을 대접하고 쌀을 내주었다. 이후로 집에 음
식이 있으면 반드시 장도령을 불러오게 해서 대접하며 그 처지를
위로해 주었다.

하루는 음관이 밖에 나갔다가 시체 하나를 싣고 동대문을 향해
가는 행차와 마주치게 되었다. 음관이 말 위에서 미처 부채로 얼
굴을 가리지 못해 흘낏 보니, 그 시체는 바로 장도령이었다. 음관
은 몹시 측은한 마음이 들어 집으로 돌아와서 탄식하며 이렇게 말
했다.

"세상에 기박한 운명을 가진 자가 많다지만 장도령 같은 사람
이 또 있겠나!"

손가락을 꼽아 헤아려 보니 장도령이 종각에 와서 구걸한 지가
15년이었다.

그 뒤로 수십 년이 흘렀다. 음관이 어떤 일로 호남 땅에 가게 되었는데, 지리산 아래를 지나다가 홀연 길을 잃었다. 이리저리 헤매다가 산속으로 들어가고 말았는데, 날이 곧 저물려 해 진퇴유곡의 상황이었다. 마침 나무꾼이 다니는 길처럼 보이는 좁은 길을 발견하고는, 필시 그 길로 가면 인가가 있으리라 여겨 꼬불꼬불한 길을 걸어갔다. 처음에는 깊고 깊은 산골일 뿐이었지만 차츰 빼어난 산수가 나타났고 초목도 대단히 아름다웠다. 깊이 들어갈수록 더욱 진기한 풍경이 펼쳐졌는데, 수십 리를 가자 놀랍게도 인간 세계의 풍경과는 전혀 다른 별천지가 나타났다.

그때 저 멀리로 아스라이 사람 하나가 보였다. 그 사람은 푸른 옷을 입고 청노새를 타고 있었다. 일산을 받쳐 든 시종 몇 사람을 대동했는데 그 움직임이 나는 듯이 빨랐다. 음관은 처음엔 높은 벼슬아치의 행차로구나 생각했다. 그러나 이 깊은 산속에 무슨 관리의 행차가 있겠는가 하는 생각이 들며 의심이 일었다. 음관이 말을 이끌고 숲으로 들어가 행차를 피하려 하고 있는 참인데, 순식간에 사람들이 음관이 있는 쪽으로 다가왔다. 노새에 탄 사람이 허리를 숙여 인사하더니 말했다.

"그동안 평안히 지내셨습니까?"

음관이 당황해서 어물어물하며 대답을 못하자 그 사람은 웃으며 이렇게 말했다.

"내가 여기 살고 있으니, 지금 내 집에 잠시 들러 주셨으면 합니다."

그러고는 즉시 노새를 돌려 앞서 가는데, 역시 나는 듯이 달려가 눈 깜짝할 사이에 사라졌다.

음관이 뒤따라 가서 이윽고 한 곳에 이르러 보니, 커다란 궁전이 몇 리에 걸쳐 있고 하늘 높이 아득한 곳에 세워진 누각에서는 황금빛과 푸른빛이 비치고 있었다. 의관을 갖춰 입은 이가 문 앞에서 보초를 서고 있다가 음관이 오는 것을 보고는 절하며 맞이하더니 안으로 안내해 주었다. 서너 개의 궁궐 건물을 지나 한 건물에 이르자 그곳으로 올라가게 했다. 아름다운 장부가 한 사람 보였는데, 의관이 극히 훌륭했다. 그 좌우에 모시고 선 여인 수십 명은 모두 절세미인이었으며, 푸른 옷을 입은 시중드는 아이들이 또 십여 명 있었는데, 시녀라든가 시종이 꼭 임금의 시녀와 시종 같아 보였다. 음관은 두려워하며 종종걸음으로 나아가 큰절을 하고는 감히 고개를 들어 올려다보지 못했다. 아름다운 장부가 허리를 숙여 답례하고 나서 웃으며 말했다.

"그대는 나를 기억하지 못하겠소? 내 얼굴을 한번 자세히 보시오."

음관이 그 말에 고개를 들어 보니 그 사람은 바로 조금 전에 일산을 받친 채 청노새를 타고 길가에서 자신을 맞이하던 사람이었다. 하지만 예전에 알고 지내던 사이는 결코 아니었다. 음관이 다시 엎드려 대답했다.

"예전에 인사드린 일을 기억하지 못하고 있사온데, 지금 하문下問을 받자오니 무엇이라 대답을 드려야 할지 모르겠나이다."

아름다운 장부가 말했다.

"내가 바로 장도령이오. 그대는 왜 나를 못 알아보오?"

음관이 다시 우러러보니 과연 장도령이 맞았다. 그러나 풍채가 빼어나고 영명한 광채가 빛을 발하고 있어 예전의 추악하고 볼품 없던 모습과는 전혀 딴판이었다. 음관은 깜짝 놀랐으나 어찌된 까닭인지 알 수 없었다.

장도령은 즉시 잔치를 열어 음관을 대접하라는 명을 내렸다. 진기한 음식이며 옥으로 만든 온갖 그릇과 장식물은 인간 세계에는 없는 것들이었다. 십수 명의 젊은 여인들이 나란히 서서 음악을 연주하고 노래하며 춤추는데, 이 또한 인간 세계에서는 듣도 보도 못한 것들이었다. 그 여인들은 너무도 아름다워 천상에 있다는 옥 같은 선녀가 바로 이런 모습일 것 같았다. 장도령이 음관에게 말했다.

"동방에 4대 명산이 있는데, 각 산마다 다스리는 선관仙官이 하나씩 있소. 나는 바로 이 산을 맡고 있다오. 예전에 작은 잘못을 저질러 잠깐 인간 세계로 유배를 가게 되었던 건데, 그 시절에 그대가 나를 정성으로 대우해 주었던 걸 잊을 수 없소. 그대가 내 시신을 보고는 측은히 여기고 애도하는 마음을 가져 주었던 것 또한 잘 알고 있소. 나는 사실 죽은 게 아니라 유배 기한이 다 돼서 몸만 남겨 두고 혼백은 빠져나와 다시 신선으로 돌아온 거였소. 지금 그대가 이 산을 지나는 걸 알고 옛 은혜를 갚고자 한번 만나 보려 했던 거요. 그대 또한 인연이 있었기에 여기까지 올 수 있었을 거요."

두 사람은 술 마시고 담소하며 즐거움을 다한 뒤에야 잔치를 마쳤다. 밤이 되자 장도령은 음관을 별궁別宮에서 자게 했다. 그곳의 창이며 문이며 주렴이며 창살은 모두 산호나 수정 같은 귀한 보물로 만든 것이었다. 그 영롱한 빛이 대낮처럼 환히 빛나며 뼈를 서늘하게 하고 정신을 맑게 하므로 잠을 이룰 수 없었다.

이튿날 장도령은 또 한 번 잔치를 열어 음관을 전송하였다. 술이 거나해지자 장도령이 이렇게 말했다.

"여기는 그대가 오래 머물 곳이 아니니, 이제 돌아가는 게 좋겠소. 신선의 세계와 인간 세계는 길이 다르니 훗날 다시 만날 기약을 하기가 어렵구려. 안녕히 잘 지내시기 바라오!"

말을 마치자마자 시중드는 이에게 명하여 돌아가는 길을 안내하게 했다. 음관은 작별 인사를 하고 길을 나섰다. 얼마 못 가서 큰길이 나타났는데, 이 길은 처음 산에 들어올 때 오던 길이 아니었다. 음관은 여기까지 오는 도중에 자주 대나무를 꽂아 표시를 해 두었다. 길을 안내하던 사람은 이곳에 이르러 인사하고 돌아갔다.

음관은 이듬해 다시 그곳을 찾았다. 하지만 암벽과 높은 봉우리가 겹겹이 서 있고 초목이 빽빽이 들어서 있어 끝내 예전에 갔던 좁은 길을 찾을 수 없었다.

장도령을 만나고 온 뒤로 음관은 얼굴이 점점 젊어졌고 머리도 세지 않았으며, 아흔 살이 넘도록 아무 병 없이 살다가 생을 마쳤다. 음관은 언젠가 이런 말을 한 적이 있다고 한다.

"장도령이 속세에 있던 시절을 생각해 보면 다른 특별한 일은 없었는데, 다만 한 가지 이상한 일이 있었지. 세월이 흘러도 얼굴이 전혀 늙지 않았고, 낡아서 해지고 때가 덕지덕지 낀 옷을 한 번도 갈아입지 않은 게 그거야. 15년이 하루인 양 똑같은 모습이었으니 이것만으로도 그가 비범한 사람인 줄 알 수 있건만, 눈앞에 두고도 알아보질 못했어."

남궁선생전

허균

남궁南宮선생은 이름이 두斗이다. 대대로 임피[1]에 살았는데, 예부터 재물이 넉넉해서 고을에서 으뜸가는 집안이었다. 조부와 부친 2대는 관리로 뽑히는 일을 마다했지만, 남궁선생만은 과거 공부로 입신하고자 해 나이 서른에 비로소 을묘년(1555)의 사마시[2]에 합격함으로써 과거 시험장에 명성이 높았다. 일찍이 「큰 믿음은 약속을 요구하지 않는다」라는 부賦[3]를 지어 성균관의 과거 시험에서 수석을 차지하니, 사람들이 모두 그가 지은 부를 외워 선했다.

남궁두는 성격이 강하고 교만하고 사나운 사람이었으며, 강퍅하여 구애됨이 없었다. 그리하여 자신의 재주를 믿고 마을에서 제멋대로 행동했으며, 거만하게도 고을 수령에게조차 예를 표하지 않았다. 현縣의 위아래 사람들이 모두 남궁두를 흘겨보았으나 불만을 마음속에만 쌓아 둘 뿐 감히 겉으로 내보이지는 못했다.

남궁두는 벼슬길에 나갈 생각으로 서울로 이사를 했다. 시골집에는 첩을 남겨 두고 해마다 가을이면 시골집으로 돌아와 수확 일을 돌봤다. 첩은 무인武人의 딸로, 매우 아름답고 총기가 있었다. 글과 셈법을 가르쳐 주면 척척 이해하는 것이 남달랐으므로 남궁두는 첩을 끔찍이 사랑했다. 그러나 남궁두가 서울에 머물면서 여러 달 동안 홀로 지냈으므로 첩은 결국 남궁두의 이성異姓 당질⁴과 몰래 사통私通하게 되고 말았다.

무오년(1558) 가을, 남궁두는 급한 일이 생겨 갑자기 고향에 가게 되었다. 집까지 30리가 채 못 남은 곳에 이르렀을 때 날이 저물었다. 남궁두는 하인들을 남겨 두고 혼자서 말을 타고 시골집으로 갔다. 집에는 벌써 등불이 켜져 있었으며, 종들은 모두 들어가 쉬고 있고 중문中門은 활짝 열려 있었다. 첩이 곱게 단장을 하고 화려한 옷을 입은 채 섬돌에 우두커니 서 있는 것이 보였다. 그때 당질이 동쪽의 낮은 담장을 넘어오는데, 발이 미처 땅에 닿기도 전에 첩이 달려가 끌어안는 게 아닌가.

남궁두는 분노를 참고 우선 이들이 어떻게 하는지 끝까지 지켜

꽃꽃꽃꽃

4. 이성異姓 당질 성姓이 다른 당질堂姪. '당질'은 종형제의 아들을 일컫는 말.

보기로 했다. 남궁두는 외문外門 기둥에 말을 매어 두고 가만히 몸을 숨긴 뒤 틈새로 이들을 엿보았다. 두 사람은 시시덕거리며 온갖 난잡한 짓을 벌이더니 옷을 벗고 나란히 누우려 했다. 이제 남궁두는 모든 사실을 알게 되었다.

남궁두는 앞으로 나아가 어둠 속에서 벽을 더듬었다. 벽에 걸려 있던 활집이 손에 잡혔다. 화살 두 개와 활 하나가 들어 있었다. 마침내 화살을 메겨 활시위를 당겼다. 화살이 여자의 가슴을 관통하자 여자가 그 자리에서 고꾸라졌다. 남자는 깜짝 놀라 몸을 일으키더니 북쪽 창을 뛰어넘어 달아났다. 남궁두가 또 활을 쏘자 남자는 갈빗대에 화살을 맞고 죽었다.

남궁두는 관아에 자수하려다가 가문을 더럽히는 일인 데다 고을 수령이 제대로 처리해 줄는지도 믿을 수 없는 일이라 싶어, 즉시 두 시체를 끌어다 논도랑 속에 파묻고는 곧바로 말을 달려 서울로 돌아갔다.

날이 밝자 집안의 종들이 첩이 사라진 것을 알았다. 당질과 함께 달아났으리라 여기고 당질의 집에 가서 물어보니 그 집에서도 당질이 어디로 갔는지 모르고 있었다.

이 일이 있기 전, 농장의 종 하나가 남궁두의 곡식 1백여 섬을 빼돌렸다. 그는 남궁두가 오면 필시 자신을 죽일 것이라고 늘 걱정하고 있었다. 그 종은 남궁두가 두 사람을 죽였으리라 의심하고 그 흔적을 찾아다니다가 논도랑의 물 위에 기름이 떠 있는 것을 발견했다. 삽으로 파 보니 두 시체가 위아래로 엎어져 있는 게 아닌가. 종은 즉시 첩의 집에 이 사실을 알렸다. 그러자 첩의 아버지인 늙은 무인武人은 고을 수령에게 이 사건을 고발하며, 남궁두가 당질 집안에 원한을 품고 있었다고 말했다. 고을 수령과 여러 아전들은 원래부터 남궁두에 대해 좋지 않은 마음을 가지고 있던 터였으므로 모두 기뻐하며 평소의 분을 풀고자 하여 남궁두가 사사로운 감정 때문에 계교를 꾸며 당질을 죽였다는 조서를 만들었다.

남궁두는 서울에서 감옥에 갇혀 참혹하게 심문을 받은 뒤 수레에 실려 이산5으로 이송되었다. 이때 남궁두의 아내가 어린 딸을 업고 뒤따라오다가 남궁두를 감시하던 자에게 술을 먹여 취하게 한 뒤 한밤중에 형틀을 풀어 달아나게 했다. 날이 밝은 뒤에야 감시하던 자가 사태를 깨달았지만 남궁두의 종적을 알 수 없었다. 남궁두의 아내는 딸과 함께 감옥에 갇혀 굶주림과 추위로 병들어 죽었고, 남궁두가 임피臨陂에 가지고 있던 농장과 재산은 모두 빼앗겨 당질과 첩의 집안으로 돌아갔다.

남궁두는 즉시 금대산6으로 들어가 머리를 깎고 중이 되었다. 법명法名을 총지摠持라 하고 매우 엄격하게 계율을 지키며 수행했

---

5. 이산尼山 충청남도 논산의 고을 이름.
6. 금대산金臺山 경기도 양주의 남쪽에 있는 산.

다. 1년 뒤 남궁두에게 자식을 잃은 두 집안 사람들이 남궁두가 있는 곳을 알아내고는 포졸들을 이끌고 금대산에 들이닥쳤다. 그날 새벽 남궁두의 꿈에 산신령이 나타나 이렇게 말했다.

"네게 원한을 품은 사람들이 오고 있으니 빨리 달아나거라!"

남궁두는 꿈에서 깨자마자 급히 산을 내려왔다. 결국 남궁두를 잡으러 온 자들은 빈손으로 돌아가야 했다.

남궁두는 지리산으로 가서 쌍계사에 한 달 남짓 머물렀다. 유명한 절이라 승려와 속세 사람들이 쉴 새 없이 모여드는 게 싫어 이번에는 태백산으로 향했다. 의령[7]에 있는 암자에 이르러 쉬고 있는데, 승려 한 사람이 뒤이어 이르렀다. 준수한 용모에 나이가 어려 보였다. 젊은 승려가 두건을 벗으며 마루 한쪽에 걸터앉더니 남궁두를 흘끗 보고 말했다.

"사족士族이시군요. 왜 뒤늦게 머리를 깎으셨습니까?"

그러더니 또 이렇게 말했다.

"성격이 모진 분이군요."

얼마 있다가 또 말했다.

"유학儒學을 업으로 삼았다면 꽤 명성을 얻으셨을 텐데."

그러더니 한참 뒤에는 웃으며 이렇게 말했다.

꽃꽃꽃꽃

7. 의령宜寧 경상남도의 고을 이름.

"두 사람의 목숨을 해치고 죄를 지어 도망 다니는 분이로군요."

네 번 말한 것이 모두 다 딱 맞는 말이었다. 남궁두는 깜짝 놀라 어쩔 줄을 몰라 했다.

밤이 되자 남궁두는 젊은 승려가 자는 곳으로 가서 머리를 조아리며 이실직고하고 몹시 간절하게 가르침을 청했다. 젊은 승려가 말했다.

"나는 단지 관상만 볼 줄 알 뿐입니다. 우리 스승님은 여러 재주를 가지고 계신데, 찾아온 사람의 관상을 보고는 그 사람에게 맞는 재주를 전수해 주신답니다. 그래서 어떤 사람에게는 부적 쓰는 법을, 어떤 사람에게는 천문 보는 법을, 어떤 사람에게는 풍수 보는 법을, 어떤 사람에게는 점치는 법을 전수하시는데, 그 사람의 그릇에 맞추어 자상하게 이끌어 주시지요. 내가 관상 보는 법을 배우긴 했지만 아직 지극한 경지에 이르지 못했으니, 어찌 감히 남의 스승이 될 수 있겠습니까?"

남궁두가 물었다.

"스승님은 지금 어디 계십니까?"

승려가 말했다.

"무주 치상산[8]에 계시지요. 거기 가면 뵐 수 있을 겁니다."

남궁두가 절하고 물러 나왔다.

꽃꽃꽃꽃

8. **치상산 雉裳山** 전라북도 무주에 있는 적상산 赤裳山을 말한다.

이튿날 새벽에 젊은 승려를 문안하러 가 보니, 승려는 이미 떠나고 없었다. 남궁두는 즉시 길을 돌려 치상산으로 향했다. 치상산에 있는 절 수십 곳을 모두 둘러보았지만 기이한 승려는 찾을 수 없었다. 1년을 머물며 애타는 마음으로 층층 암벽이며 산꼭대기며 새 한 마리 이른 적 없는 곳까지 모조리 찾아가 세 번 네 번이나 거듭 살피며 샅샅이 뒤졌지만 끝내 기이한 승려를 만나지 못했다. 젊은 승려가 자신을 속였다고 여기며 허탈한 마음으로 돌아가려던 참이었다. 문득 어느 골짜기에 이르니 우거진 숲 사이로 시냇물이 흐르는데, 그 시냇물에 커다란 복숭아씨가 흘러 내려오고 있는 게 아닌가. 남궁두는 기뻐서 속으로 이렇게 생각했다.

'이 골짜기 안에 그분이 계신 게 아닐까?'

걸음을 재촉해서 시냇물을 따라 몇 리쯤 올라가 올려다보니 우뚝 솟아오른 봉우리가 하나 있었고, 소나무와 삼나무가 해를 가린 곳에 세 칸짜리 허름한 집이 하나 있었다. 벼랑에 기대 집을 짓고 돌층계로 대臺를 만들었는데, 맑고 환한 곳에 자리 잡고 있었다. 옷자락을 걷고 곧장 위로 오르니 동자 하나가 나와 맞으며 물었다.

"어디서 오셨습니까?"

남궁두가 허리를 숙여 인사하고 대답했다.

"총지摠持가 선사仙師님을 뵙고자 왔습니다."

동자가 동쪽으로 난 왼쪽 문을 열자 마른 나무 같은 모습의 노승이 해진 장삼을 입고 나와 말했다.

"스님은 풍채가 우뚝한 게 보통 사람 같지 않으신데, 무슨 일로 오셨소?"

남궁두가 꿇어앉아 말했다.

"저는 우둔해서 아무런 재주가 없사온데, 선사님께서 많은 재주를 가지셨다는 말을 듣게 되었습니다. 다만 한 가지 재주라도 배워 세상에 나가고자 하는 마음으로 천 리 길을 걸어 스승을 찾아왔다가 1년 만인 오늘에야 인사를 올리게 되었습니다. 부디 가르침을 주시기 바랍니다."

선사가 말했다.

"산속에서 다 죽어 가는 사람이 무슨 재주를 가지고 있겠소?"

남궁두가 백번 절하며 간절히 빌었지만, 선사는 굳게 거절하며 문을 닫고 들어가 나오지 않았다.

남궁두는 처마 밑에 엎드려 새벽까지 슬피 간청했고 아침이 돼서도 그만두지 않았다. 그러나 선사는 눈앞에 아무것도 보이지 않는 듯이 가부좌를 하고 참선에 들어 남궁두를 조금도 돌아보지 않은 채 사흘을 보냈다. 시간이 지나도 남궁두가 전혀 나태한 태도를 보이지 않자 선사는 남궁두의 정성스런 마음을 보고 그제야 문을 열어 방으로 들어오게 했다.

방은 사방 한 길 크기였고 방 안에는 목침 하나가 놓여 있을 뿐이었다. 북쪽의 벽을 뚫어 감실[9]을 여섯 개 만들어 두었는데, 자물쇠를 채우고 열쇠 하나를 감실 기둥에 걸어 두었다. 남쪽 창문 위의 선반에는 책이 대여섯 권 얹혀 있었다. 선사는 남궁두의 얼굴을 자세히 들여다보더니 웃으며 이렇게 말했다.

"자네는 참 모진 사람이로군. 질박한 성품이니 다른 재주를 가르칠 순 없겠고, 장생불사長生不死하는 법을 가르쳐 주도록 하지."

남궁두가 일어나 절하고 말했다.

"그거면 충분합니다. 다른 게 무슨 소용이겠습니까?"

선사가 말했다.

"무릇 모든 방술方術은 반드시 먼저 정신을 모은 뒤에라야 이룰 수 있네. 더구나 혼魂을 단련하고 신神을 날게 해 신선이 되고자 하는 사람이라면 더 말해 무엇 하겠는가. 정신을 모으는 일은 잠을 자지 않는 것으로부터 시작되니, 자네는 우선 잠을 자지 않도록 하게."

남궁두가 이곳에 도착한 지 나흘이 되었지만, 선사는 먹지도 마시지도 않으며 어린아이처럼 하루에 한 번 검은콩 가루 한 홉만 먹고도 전혀 배고프거나 피로한 기색이 없었다. 남궁두는 속으로 참 이상한 일이다 생각하던 참이었는데, 이 같은 가르침을 받기에 이르자 지극 정성을 다해 소원이 이루어지기를 빌었다.

첫날 밤에는 자리에 앉아 새벽 2시쯤이 되자 눈이 저절로 감겨

9. **감실龕室** 벽 가운데를 깊이 파서 불상이나 물건 등을 놓아두는 곳.

왔지만 참고 새벽까지 버텼다. 둘째 날은 몽롱하고 피곤해서 정신을 차릴 수 없었지만 애써 참아 냈다. 셋째 날과 넷째 날 밤에는 몸이 노곤하여 꼿꼿이 앉아 있지 못하고 머리를 벽에 부딪기도 했지만 참고 고비를 넘겼다. 그러다가 일곱째 날 밤이 되자 홀가분하니 정신이 환해지며 머릿속이 또렷하고 상쾌해지는 것이었다. 선사가 기뻐하며 말했다.

"자네가 이처럼 큰 인내심을 가졌으니 무슨 일인들 못 이루겠나!"

그리고는 두 가지 경전을 내주며 이렇게 말했다.

"위백양[10]의 『참동계』[11]는 수련의 비결로, 선가仙家에서 가장 높은 이치를 담고 있는 책일세. 『황정내외옥경경』[12]은 기氣를 이끌어 오장五臟을 단련하는 요결要訣로, 이 또한 도가道家의 오묘한 진리를 담고 있는 책이지. 이 책들을 1만 번 읽으면 절로 깨닫게 될 게야."

선사는 남궁두로 하여금 날마다 그 책들을 각각 열 번씩 읽게 했다. 선사가 또 말했다.

---

10. **위백양魏伯陽** 후한 때 사람으로, 도술을 좋아해 제자 3인과 입산하여 단丹을 이루었다고 한다.
11. **『참동계』參同契** 위백양이 지은 『주역참동계』周易參同契를 말한다. 『주역』의 형식을 빌려 연단술 煉丹術을 논한 책이다.
12. **『황정내외옥경경』黃庭內外玉景經** 도가의 경전인 『황정내경경』黃庭內景經과 『황정외경경』黃庭外景經을 함께 일컫는 말. 보통 『황정경』黃庭經이라 부른다.

"무릇 신선술을 배우는 사람은 모든 잡념을 끊어 버리고 편안히 앉아 정精과 기氣와 신神의 삼보[13]를 단련하며 물과 불을 상생시켜 단丹을 이루는 게 최대의 관건이야. 최고의 지혜를 가졌거나 최상의 자질을 타고나지 않고서야 단기간에 성취할 수 없는 일이지. 자넨 성품이 질박하고 강인해서 최고의 이치를 가르쳐 주긴 어려우니, 우선 곡기穀氣를 끊어 쉬운 데서부터 어려운 데로 들어가도록 하는 게 좋겠어. 사람의 생명은 오행[14]에서 정기를 받았기 때문에 오장五臟이 각각 오행에 대응되네.[15] 비脾는 토土의 기운을 받기 때문에 사람이 먹고 마시는 게 모두 비위脾胃로 들어가는 거야. 비록 곡식의 정기로 건강하고 병이 없게 되더라도 기운이 토土에 이끌려 끝내는 그 육신이 땅으로 돌아갈 수밖에 없지. 옛날에 곡기를 끊었다는 사람들은 모두 이 때문에 그랬던 걸세. 자네도 우선 곡기 끊는 일부터 해 보게."

선사는 즉시 남궁두로 하여금 하루에 두 끼만 먹게 했다. 7일이 지나자 두 끼 중 한 끼는 밥을, 한 끼는 죽을 먹게 했다. 또 7일이 지나자 한 끼 죽을 없앴다. 다시 7일이 지나자 이번에는 한 끼 밥

13. **삼보三寶** 도가에서 이耳·목目·구口를 외삼보外三寶, 원정元精·원기元氣·원신元神을 내삼보內三寶라 하는데, 여기서는 내삼보를 가리킨다.

14. **오행五行** 우주 만물을 이루는 근본 요소라고 하는 수水·화火·목木·금金·토土.

15. **오장五臟이 각각 오행에 대응되네** 오행설五行說에서는 인간의 오장이 각기 오행에 대응한다고 보아, 간肝은 목木에, 심心은 화火에, 비脾는 토土에, 폐肺는 금金에, 신腎은 수水에 해당한다고 여겼다.

을 죽으로 바꿨다. 28일이 지난 뒤에는 밥과 죽을 모두 못 먹게 하더니, 열쇠로 감실의 자물쇠를 열고 옻칠을 한 찬합 두 개를 꺼냈다. 한쪽에는 검은콩 가루가 들어 있고, 다른 한쪽에는 황정[16]이 들어 있었다. 선사는 이것을 한 숟가락씩 물에 풀어 하루에 두 번씩 남궁두에게 먹였다. 남궁두는 원래 배가 커서 배고픔을 참기가 매우 힘들었다. 몸이 여위어 가며 피곤했고 눈은 침침해져 사물을 분간할 수 없는 지경이었지만 그럼에도 참고 또 참았다.

검은콩 가루를 먹은 지 21일째 되던 날이었다. 문득 배가 부른 느낌이 들며 먹고 싶은 생각이 들지 않는 것이었다. 선사는 즉시 잣나무 잎과 참깨를 먹게 했다. 그러자 며칠 동안 온몸에 부스럼이 생기더니 참을 수 없이 아팠다. 다시 1백 일이 지나자 부스럼 딱지가 떨어지며 새살이 돋아 보통 때의 모습으로 돌아왔다. 선사가 기뻐하며 말했다.

"자넨 참 그릇이 좋아! 이제 욕망만 끊으면 되겠어."

남궁두가 3년을 머물며 두 권의 책을 모두 1만 번씩 읽자 가슴속이 시원해지며 신통한 힘을 가지게 된 듯했다. 선사가 단전호흡을 가르치고 또 몸 안에서 기氣를 돌리는 법을 일러 주니, 기가 벌써 움직이기 시작했다. 마침내 자오주천과 묘유주천[17]으로 육자비결[18]을 행하여 호흡의 도道를 이루자, 얼굴에 차츰 살이 붙으

꽃꽃꽃꽃
16. 황정黃精 '죽대'의 뿌리. 비위를 돕고 원기를 더하는 약재.

면서 갈수록 기운이 상쾌해지고 온갖 잡념이 다 사라졌다.

남궁두가 선사를 만난 지도 어느덧 6년이 되었다. 선사가 말했다.

"자네에게 도골道骨이 생겨서 이젠 신선이 되어 하늘에 오를 만한 수준이 되었네. 지금 하산해도 왕자교와 전갱[19]보다 못하진 않을 거야. 욕망이 동하더라도 결단코 참아야 하네. 식食과 색色에 대한 욕망이 아니라도 일체의 망상이 모두 진眞에 해로우니 모름지기 모든 유有를 비우고 고요히 단련하도록 하게."

그리고는 옆의 빈집에 남궁두를 앉히더니 기氣를 돌리는 법을 가르쳐 주는데, 비결을 일러 주는 것이 자상하기 그지없었다. 남궁두는 배운 대로 오뚝하니 앉아 움직이지 않으며 눈을 감고 자신의 안을 들여다보았다. 선사는 남궁두가 춥거나 덥거나 배고프거나 배부를 때마다 그때그때 꼭 알맞게 조절해 주었다.

하루는 윗잇몸에 작은 오얏 모양을 한 것이 생겨나 혀 위로 단물을 흘려 보내는 게 느껴졌다. 남궁두가 선사에게 이 사실을 알리자 선사는 천천히 삼켜 배 속으로 들어가게 하라고 했다. 그리

---

17. **자오주천子午周天과 묘유주천卯酉周天** 모두 도가의 연단법과 관련된 말. 자오주천은 원정元精을 단련하여 기로 변화시키는 연단법인 연정화기煉精化炁의 제1단계이고, 묘유주천은 연정화기의 제2단계이다.

18. **육자비결六字秘訣** 도교의 양생養生 호흡법인 육자기법六字氣法을 말한다. 기를 운행하는 것은 곧 코로 숨을 마시고 입으로 숨을 내쉬는 것인데, 숨을 내쉬는 데에는 취吹·호呼·희唏·가呵·허嘘·희呬의 여섯 가지 방법이 있다고 한다.

19. **왕자교王子喬와 전갱錢鏗** 중국의 옛 신선들.

고 기뻐하며 이렇게 말했다.

"서주²⁰가 자리를 잡았으니 화후²¹를 움직일 수 있겠다!"

즉시 삼재경²²을 벽에 걸고 칠성검²³ 두 개를 좌우에 꽂더니 우보²⁴로 걸으며 주문을 외어, 마귀를 물리치고 도道를 이루게 해 달라고 빌었다.

단련한 지 거의 여섯 달 만에 단전이 가득 채워지며 배꼽 아래에서 금빛 광채가 나왔다. 남궁두는 마침내 도가 이루어지려 하자 기쁜 마음에 문득 한시라도 빨리 이루고자 하는 욕망이 싹트는 것을 참을 수 없었다. 그 바람에 차녀²⁵에 불이 붙더니 이환²⁶으로 타올랐다. 남궁두가 고함을 지르며 뛰쳐나오자 선사는 지팡이로 남궁두의 머리를 치며 이렇게 말했다.

"아아, 이루지 못했구나!"

선사가 급히 남궁두를 편히 앉히고 기운을 내리게 하니, 기운

🌿🌿🌿🌿

20. **서주黍珠** 연단술에서 납과 수은을 합성해서 만든다는 불로장생의 영약靈藥. 여기서는 '내단수련' 內丹修煉을 가리키는 말로 쓰였다.

21. **화후火候** 내단內丹에서, 심心에서 생기는 신神과 의념意念을 '화'火라 하고 연단 과정 중 의념을 장악하는 것을 '화후'라 한다. 화후는 연단의 마지막 과정으로, 연단 성패의 관건이 된다.

22. **삼재경三才鏡** 천天·지地·인人을 비추는 거울.

23. **칠성검七星劍** 북두칠성이 새겨져 있는 칼.

24. **우보禹步** 도교 술법의 하나로, 뒷발이 앞발을 넘어가지 않게 걷는 걸음. 우禹임금이 창시했다고 하는데, 귀신을 부리거나 마귀를 물리치는 힘이 있다고 한다.

25. **차녀姹女** 도교의 연단 용어로, 외단外丹에서는 수은水銀을, 내단內丹에서는 원신元神(생명의 근원)을 가리키는 등 여러 의미로 쓰이는데, 여기서는 폐肺를 뜻한다.

26. **이환泥丸** 도교 용어로, 정수리에 있는 백회百會, 즉 상단전上丹田을 가리킨다.

은 비록 눌려 가라앉았지만 마음은 격하게 요동치며 종일토록 안정되지 않았다. 선사가 한숨을 쉬며 말했다.

"세상에서 볼 수 없던 사람을 만났기에 가르쳐 주지 않은 게 없었건만, 마지막 관문을 넘지 못하고 결국 실패하고 말았구나. 자네 운명이 그러니 내가 어쩌겠나!"

선사가 약재를 달여 차처럼 마시게 한 지 7일째가 되자 바야흐로 마음이 고요해지고 기가 치솟아오르지 않았다. 선사가 말했다.

"자네가 비록 신선이 되어 하늘에 오르는 일은 이루지 못했지만 지상선[27]은 될 수 있을 걸세. 조금만 더 수양하면 8백 세까지는 살 수 있을 테지. 자네 운명은 아들을 두게 되어 있는데, 정자가 나오는 길이 지금 막혀 있네. 이 약을 복용하면 통할 게야."

선사가 붉은 오동나무 씨 두 알을 내어 남궁두에게 먹였다. 남궁두가 말했다.

"제가 못나 선생님의 가르침대로 하지 못했으니, 이는 제 운명이 기박한 탓이거늘 무슨 한스러움이 있겠습니까? 다만 제가 선생님을 모신 지 올해로 7년이 되었으나, 선생님에 대해 아는 바가 조금도 없습니다. 한 말씀 들려주셔서 훗날 선생님을 떠올릴 때 제 마음이 위로되게 해 주실 수 없겠습니까?"

꽃꽃꽃

27. **지상선**地上仙 지상에 거주하는 신선. 신선에도 몇 가지 등급이 있는바, 몸이 하늘로 오르는 '비승'飛昇을 가장 높은 경지로 치는데, 지상선은 그보다 낮은 경지이다.

선사가 웃으며 말했다.

"다른 사람이 물었다면 결코 말해 주지 않았겠지만 자네는 잘 참는 사람이니 얘기해 주지. 나는 상락[28]의 대족大族 출신으로, 태사[29] 행후[30]의 증손일세. 송나라 희령 2년[31]에 태어났지. 열네 살 되던 해에 나병에 걸리자 부모님은 나를 숲 속에 버리셨네. 밤이 되니 호랑이가 나를 물어다가 석실石室에 갖다 놓고는 노려보며 곁의 두 마리 새끼에게 젖을 먹이는데, 나를 해칠 생각은 없는 것 같더군. 그때 나는 통증이 너무 심해 빨리 그 호랑이에게 물려 죽지 못하는 게 한스러울 뿐이었네.

그런데 벼랑의 움푹 파인 곳에 잎이 넓고 뿌리가 큰 풀이 모여 자란 게 보였어. 한번 씻어 먹어 봤더니 배가 조금 부르더군. 몇 달을 먹었더니 부스럼이 차츰 없어지면서 조금씩 혼자 일어설 수 있게 됐지. 마침내 그 풀을 많이 캐다가 끼니마다 먹다 보니 산에 있던 것 중 절반이 없어졌어. 그렇게 한 이삼백 일을 지냈더니 부스럼이 싹 벗겨지고 온몸에 털이 생겨나기 시작했네. 그래서 기쁜 나머지 억지로 계속 먹었네. 다시 1백 일이 지나자 스스로 몸

---

28. **상락**上洛 경상북도 상주.
29. **태사**太師 고려시대 원로대신에게 주는 명예직으로, 임금의 고문 역할을 하였다.
30. **행후** 안동 사람 권행權幸이 고려 태조를 도와 그 공으로 대상大相의 벼슬에 올랐다는 기록이 보이는데, 아마도 이 인물을 가리키는 것으로 보인다.
31. **희령 2년** 고려 문종文宗 23년인 1069년. '희령'熙寧은 송나라 신종神宗의 연호.

을 움직여 순식간에 산꼭대기까지 올라갈 수 있게 되었지

나병은 이미 나았지만 살던 마을로 가는 길을 찾지 못해 방황하며 갈 곳을 잃고 서 있을 때였지. 문득 승려 한 사람이 봉우리 아래를 지나고 있기에 그 앞으로 가서 인사를 하고 물었네.

"여기가 무슨 산입니까?"

승려는 이렇게 대답했네.

"여긴 태백산으로, 진주부³²에 속한 땅입니다."

"가까운 곳에 절이 있습니까?"

"서쪽 봉우리에 암자가 있긴 하지만 길이 끊겨서 올라가기 어렵습니다."

나는 즉각 나는 듯이 암자로 달려갔네. 승방僧房은 낮인데도 문이 닫혔고, 주위에 사람 기척이라고는 전혀 느낄 수 없었지. 손으로 행랑채 옆의 문을 열고 가운데 승방에 이르니, 병든 노승 한 분이 삼베 적삼을 두르고 책상에 기대 숨을 헐떡이며 곧 죽을 것 같은 모습으로 앉아 있다가 눈을 들어 나를 보며 이렇게 말씀하시더군.

"어젯밤 꿈에 의상대사義湘大師께서 말씀하셨소. 우리 스승님의 비서秘書를 전할 사람이 곧 올 것이라고. 그대 관상을 보니 정말 그 사람이로군요."

---

32. 진주부眞珠府 강원도 삼척도호부에 속해 있던 고을 이름.

노승은 몸을 일으키더니 자루를 열어 책이 든 함을 하나 꺼내 주며 말씀하셨네.

"이 책을 만 번 읽으면 그 의미가 저절로 드러날 것이니, 게으름 부리지 말고 노력하시오!"

그 책을 누구에게서 받으셨냐고 여쭈었더니 이렇게 말씀하시더군.

"신라의 의상대사께서 중국에 들어가 정양진인[33]을 만나 이 책을 받으셨다고 하오. 입적하실 때 내게 당부하시기를, 2백 년 뒤에 반드시 전할 사람이 있을 거라고 하셨는데, 그대가 그 예언에 부응했구려. 이 책을 가지고 가서 힘써 노력하시오. 나는 책 전해 줄 사람을 찾았으니 이제 죽을 수 있겠어."

그리고는 결가부좌를 한 채 고요히 입적하셨네. 나는 즉시 노승을 다비하고 감색 사리 1백 개를 얻어 탑 속에 안치했네. 함을 열어 보니 그 안에는 『황제음부경』黃帝陰符經, 『금벽용호경』金碧龍虎經, 『참동계』參同契, 『황정내외경』黃庭內外經, 『최공입약경』崔公入藥鏡, 『태식경』胎息經, 『심인경』心印經, 『통고경』洞古經, 『정관경』定觀經, 『대통경』大通經, 『청정경』淸靜經[34] 등의 책이 들어 있었네.

❀❀❀

33. 정양진인正陽眞人 당나라 때의 인물인 종리권鍾離權을 말한다. 어떤 노인에게 신선의 비결서秘訣書를 전수받고 공동산崆峒山에 들어가 신선이 되었다고 한다.
34. 『황제음부경』, 『금벽용호경』~『대통경』, 『청정경』 모두 도교의 경전들.

그 뒤로 나는 그 안자에서 혼자 지내며 수련을 했네. 사방팔방에서 마귀들이 와서 마음을 어지럽히려 했지만 내가 듣지도 않고 보지도 않자 사라지더군. 각고의 노력을 다해 11년 만에 마침내 나는 신선이 되었네. 의당 해탈해서 하늘로 올라갈 일이지만, 옥황상제께서 나더러 여기 머무르며 동국東國 삼도三道[35]의 모든 신神을 통솔하라 명하셨네. 그리해서 여기 머문 지도 5백여 년이 지났는데, 때가 되면 하늘로 올라가야지. 그동안 내가 수십 사람을 겪어 보니, 어떤 사람은 기氣가 너무 날카롭고, 어떤 사람은 기가 너무 둔하고, 어떤 사람은 인내심이 부족하고, 어떤 사람은 인연이 얕고, 어떤 사람은 욕심이 많아 모두 도를 이루지 못하더군. 그중에 도를 이룬 사람이 있었다면 내 일을 맡기고 옥경[36]으로 올라갔을 텐데 수백 년 동안 아직 그런 사람을 얻지 못했으니, 이건 속세와 나의 인연이 아직 다하지 않았기 때문에 그런 것 아니겠나."

남궁두는 선사와 오래도록 한방에서 자면서, 선사가 배꼽 아래 한 치 되는 곳[37]을 숨기고 남이 보지 못하도록 하는 것이 늘 의문이었다. 그 이유를 물으며 한번 보고 싶다고 하자 선사가 웃으며

---

35. **삼도三道** 충청도·전라도·경상도를 가리킨다.
36. **옥경玉京** 도교에서 옥황상제가 산다고 하는 곳.
37. **배꼽 아래~되는 곳** 하단전下丹田을 말한다.

말했다.

"쉽사리 보여 줄 수 있는 게 아닐세. 보여 주면 괜히 놀라기만 할 텐데."

"제가 왜 놀라겠습니까. 꼭 한번 보고 싶습니다."

선사가 허리를 싸고 있던 천을 풀어 보이자 1백 줄기의 금빛이 천장까지 강한 빛을 발산했다. 남궁두가 눈을 제대로 뜰 수 없어 의자에 엎드리니, 선사는 다시 원래대로 허리에 천을 둘러 배꼽을 가렸다. 남궁두가 또 물었다.

"선생님께서는 모든 신을 다스린다고 하셨는데, 왜 선생님을 뵈러 오는 신이 하나도 없습니까?"

"나는 나의 정신을 날게 해 신들의 조회를 받거든."

남궁두가 신들을 보고 싶다고 청하자 선사는 이렇게 말했다.

"내년 정월 보름날에 볼 수 있을 게야."

정월 보름날이 되자 선사는 감실에서 옷상자를 꺼내더니 여덟 노을빛의 방산건[38]을 쓰고, 북두칠성과 해와 달을 수놓은 도포를 입고, 여러 개의 둥근 벽옥璧玉으로 장식하고 사자를 수놓은 띠를 두르고, 다섯 가지 꽃무늬를 수놓은 신을 신고, 손에는 옥으로 만든 8각의 여의[39]를 들고 돌로 만든 대臺 위에 가부좌를 틀고 앉았

38. **방산건**方山巾 은사隱士들이 쓰던 관冠.
39. **여의**如意 도사가 손에 드는 막대 모양의 기물로, 나무·쇠·옥·산호 등으로 만들었다.

다. 남궁두는 서쪽을 향해 모시고 섰고, 동자는 그 맞은편에 섰다.

문득 대臺 위의 향나무 두 그루에 각각 알록달록한 꽃등이 걸리더니, 이윽고 골짜기 가득 수천수만 그루의 나무마다 모두 꽃등이 걸리면서 붉은 불꽃이 하늘에 뻗쳐 마치 대낮처럼 환해졌다. 기이하고 괴상한 모양의 짐승들이 보였는데, 곰이나 호랑이 같은 동물, 사자나 코끼리 같은 동물, 표범 모양인데 다리가 둘인 동물, 용 모양인데 날개가 달린 동물, 용 모양에 뿔이 없는 동물, 몸은 용인데 머리는 말 같은 동물, 뿔이 세 개 달리고 사람처럼 서서 달리는 동물, 사람 얼굴에 눈이 세 개 달린 동물 등 백여 종류나 되었다. 또 각각 코끼리, 노루, 사슴, 돼지 모양인데 금빛 눈에 이빨이 눈처럼 희거나 붉은 털에 발굽이 서리처럼 희거나 펄쩍펄쩍 뛰어오르면서 무언가를 낚아채는 듯한 시늉을 하는 등등의 것들이 1천여 종류나 되었다. 이런 동물들이 모두 선사를 모시고 좌우로 늘어섰다. 또 깃발을 든 금동[40]과 옥녀[41] 수백 명, 칼이며 창이며 도끼 등의 의장儀仗을 든 군사 1천여 명이 대臺 주위를 빙 둘러서자, 온갖 향기가 자욱하고 패옥 부딪는 소리가 아름답게 울렸다.

이윽고 푸른 적삼을 입고 상아 홀笏을 들고 수창옥[42]을 차고 고

❀❀❀❀
40. 금동金童   신선의 시중을 드는 동자.
41. 옥녀玉女   선녀를 가리킨다.
42. 수창옥水蒼玉   옥의 일종.

깔을 쓴 사람 두 명이 섬돌 아래에서 허리를 굽혀 인사하더니 큰 소리로 외쳤다.

"동방東方의 극호림, 광하산, 홍영산[43] 3대 신군神君이 알현하나 이다!"

세 신은 모두 자주색 금량관[44]과 자주색 도포 차림에 구름무늬 가 있는 신을 신고 옥띠를 둘렀으며, 칼과 패옥을 차고 홀을 똑바로 들고 있었다. 이들은 풍채가 좋고 살결이 희었으며, 키가 크고 얼굴이 훤하니 수려했다. 선사가 일어나 양손을 맞잡고 예를 표하자 세 신이 일제히 두 번 읍한 다음 물러갔다.

고깔 쓴 사람들이 또 큰 소리로 외쳤다.

"봉호蓬壺, 방장方丈, 원교圓嶠, 조주祖洲, 영해瀛海[45] 등 5주洲의 진 관[46]이 알현하나이다!"

다섯 신은 각각 다섯 방위를 대표하는 색[47]의 도포를 입었고, 관冠이며 몸에 찬 것은 앞서의 세 신과 같았는데, 모두 풍채가 좋고 용모가 수려했다. 선사가 일어서자 다섯 신이 모두 두 번 절하고 물러갔다.

෴෴

43. 극호림極好林, 광하산廣霞山, 홍영산紅暎山 신선이 산다는 전설상의 산 이름들.
44. 금량관金梁冠 문무관文武官이 조복朝服을 입을 때 쓰는 관.
45. 봉호蓬壺, 방장方丈~조주祖洲, 영해瀛海 바다 속에 있는, 신선이 산다는 산 이름들.
46. 진관眞官 관직을 가진 신선. 도사.
47. 다섯 방위를 대표하는 색 동·서·남·북·중앙의 다섯 방위에 따른 청靑·백白·적赤·흑黑·황黃의 다섯 가지 색.

또 큰 소리로 외쳤다.

"동해와 남해와 서해의 장리長離, 광야廣野, 옥초沃焦, 현롱玄隴, 지폐地肺, 총진摠眞, 여궤女几, 동화東華, 선원仙源, 임소琳霄[48] 등 10도島의 여관女官들이 알현하나이다!"

선녀 열 사람은 모두 꽃을 수놓은 버선 모양의 두건을 쓰고 붉은 진주로 만든 머리 장식을 꽂고 있었는데, 진주에서 나는 찬란한 빛이 얼굴에 비쳐 똑바로 쳐다볼 수 없었다. 황금빛 봉황을 수놓은 하얀 저고리에다 무릎을 덮는 비취색의 긴 치마를 입었고 태을신[49]을 새긴 패牌를 허리에 찼는데 번쩍번쩍 번갯불이 났으며, 발에는 녹색의 꽃무늬가 새겨진 방저리[50]를 신고 있었다. 선녀들은 모두 키가 컸으며 남자처럼 절을 했다. 선사는 일어나지 않고 앉아서 절을 받았다. 이윽고 여관들이 물러갔다.

또 큰 소리로 외쳤다.

"천인天印, 자개紫蓋, 금마金馬, 단릉丹陵, 천량天梁, 남루南壘, 목주穆洲[51] 등 7도道의 사명신장[52]이 알현하나이다!"

신장들은 깃을 꽂은 붉은 마래기[53]를 쓰고 군복에 사마치[54]를

---

48. 장리長離, 광야廣野~선원仙源, 임소琳霄 모두 도교에서 복지福地나 선산仙山으로 일컫는 곳.
49. 태을신太乙神 도교에서 받드는 천신天神.
50. 방저리方底履 밑이 모가 진 신.
51. 천인天印, 자개紫蓋~남루南壘, 목주穆洲 별이나 선산仙山 등 도교의 신장神將들이 사는 곳.
52. 사명신장司命神將 인간의 운명과 죽음을 관장하는 신장.
53. 마래기 두건의 일종. 이마에 두르는 베로, 보통 하급 무관이 사용했다.

입고 꽃을 수놓은 엄심갑[55]을 입었으며, 팔에는 활집과 화살집을 차고 손에는 붉은 창을 들고 있었다. 모두 사자나 호랑이의 모습을 하고 있었는데, 붉은색 머리털이 치솟아 있고 금빛 눈동자에 용의 수염을 가지고 있었다. 이들은 읍만 하고 절은 하지 않은 채 물러갔다.

또 큰 소리로 외쳤다.

"단산丹山, 현림玄林, 창구蒼丘, 소천素泉, 자야赭野[56] 등 5대 신장과 이들의 통솔을 받는 산림, 늪, 고개, 강, 성황城隍의 모든 남녀 귀신이 함께 알현하나이다!"

5대 신장은 7도 신장과 모습이 같았고 저마다 1백여 선관仙官의 대열을 거느리고 있었는데, 그 가운데는 키가 작고 못생긴 자가 있는가 하면 키가 크고 몸집이 큰 자도 있고, 훤칠하고 우아한 자가 있는가 하면 팔이 여섯에 눈이 넷인 자도 있었다. 또 여자들 중에는 늙고 못생긴 자도 있고 예쁘고 젊은 자도 있었다. 이들은 각각 다섯 방위를 상징하는 색의 옷을 입고 있었다. 늘어서서 네 번 절한 뒤 물러나 다섯 개의 대열을 이루었다.

그러자 선사는 동자에게 명하여, 붉은색의 작은 깃발을 들고 북쪽에서 동쪽을 향해 가서 남쪽을 돌아 서쪽으로 간 뒤 중앙 대

---

54. **사마치** 군복을 입고 말을 탈 때 두 다리를 가리던 아랫도리 옷.
55. **엄심갑掩心甲** 가슴을 가리는 갑옷.
56. **단산丹山, 현림玄林~소천素泉, 자야赭野** 모두 신神의 이름.

열의 앞에 서게 했다. 동자가 아뢰었다.

"여러 신령이 다 모였지만, 위주魏州의 조부인[57]이 아직 오지 않았습니다."

소천신素泉神이 앞으로 나와 꿇어앉더니 말했다.

"조부인은 귀양 가서 인간으로 강등되었으며, 조부인을 대신할 사람이 오지 못했습니다."

선사가 광하산 등의 세 신군神君을 불러 앞으로 나오게 하고는 이렇게 말했다.

"경卿들은 세 곳을 나누어 다스리고 있소. 모두 옥황상제의 자애로움을 잘 본받아 만백성이 그 은혜를 입은 지 오래요. 하지만 요사이 액운이 다가와 만백성이 재앙에 빠지게 될 터인데, 구제할 대책을 생각해 보았소?"

세 사람이 모두 한숨을 쉬더니 이렇게 아뢰었다.

"말씀하신 대로입니다. 지난번 봉래산의 치수대감[58]이 자하원군[59]이 계신 곳에서 홍영산에 와 이렇게 말했습니다.

"뭇 진인眞人들이 구광전[60] 위에서 상제上帝를 모시고 있는데, 삼

---

57. **조부인趙夫人** 여선女仙의 한 사람.
58. **치수대감治水大監** 물을 다스리는 신.
59. **자하원군紫霞元君** 도교에서 받드는 여선女仙의 한 사람. 남자 신선을 '진인'眞人, 여자 신선을 '원군' 元君이라 한다.
60. **구광전九光殿** 옥황상제가 거주하는 궁궐 이름.

도제군[61]이 이렇게 말하더군요.

'염부제[62]에 사는 삼한[63]의 백성들이 간교하여 속임수를 잘 쓰고, 미혹되고 흉포하며, 복을 아끼지 않고 하늘을 두려워하지 않으며, 효도하지 않고 충성하지 않으며, 신들을 업신여기고 귀신을 모독하고 있습니다. 그러므로 구림동句林洞에 있는, 살쾡이 얼굴을 한 큰 마귀로 하여금 적토赤土의 군사를 총동원하여[64] 토벌하게 하려고 합니다. 나라는 다행히 망하지 않겠지만, 7년 연이은 전쟁으로 삼한의 백성 열 사람 중 대여섯의 목숨을 빼앗아 경각심을 일깨우려 합니다.'"

저희들은 이 말을 듣고 모두 가여운 마음이 들었습니다만, 하늘의 큰 운수에 관계되는 일이니 어찌해 볼 도리가 있겠습니까?"

선사 역시 내내 한숨을 내쉴 따름이었다. 이윽고 중앙의 대열에서 포성이 한 번 울리자 동서남북 네 대열에서 이에 응하여 북을 치고 징을 울렸다. 그러자 나무 위에 걸려 있던 등불이 하나하나 땅에 떨어지더니 아득히 깊은 골짜기에 큰 구름이 평평하게 깔렸다.

༄༅༄༅

61. **삼도제군三島帝君** 도교의 천신天神 이름.
62. **염부제閻浮提** 불교에서 수미산須彌山 남쪽에 있다고 하는 큰 섬의 이름으로, 인간이 거처한다는 곳이다.
63. **삼한三韓** 우리나라를 가리킨다.
64. **살쾡이 얼굴을~군사를 총동원하여** '살쾡이 얼굴을 한 큰 마귀'는 도요토미 히데요시를 가리키고, '적토'는 일본을 가리킨다.

선사가 방으로 들어와 관冠과 옷을 벗어 보자기에 싸고는 등불을 밝히고 방 가운데에 앉았다. 남궁두는 이 모든 광경을 보고 눈이 휘둥그레져 한참 동안 정신을 차리지 못했다.

이튿날 선사가 남궁두를 불러 이렇게 말했다.

"자네는 이미 인연이 엷어져 이곳에 오래 머물기가 어렵게 됐네. 그러니 이제 하산해서 머리를 기르고 황정을 복용하면서 북두성에 절하며 살도록 하게. 살인하지 않고 음란한 짓을 하지 않으며 도둑질하지 않고, 훈채[65]나 개고기나 소고기를 먹지 않으며, 몰래 남을 해코지하지 않는다면 그게 바로 지상선이라네. 수행하기를 쉬지 않는다면 역시 하늘로 날아오를 수 있을 게야.『황정경』과『참동계』는 도가道家에서 가장 높은 이치를 담고 있는 책이니, 항상 가지고 다니며 외는 일을 게을리 하지 않아야 하네.『도인경』[66]은 노자老子의 도를 전한 글이고,『옥추경』[67]은 바로 뇌부[68]의 여러 신들이 존귀하게 여기는 책이니, 늘 가지고 다니면 귀신이 두려워하며 공경할 걸세. 이 밖에 마음을 수양하는 비결로는 오직 남을 속이지 않는 게 최선이지. 무릇 사람이 한번 선한 생각이나 악한 생각을 하면 귀신들이 좌우에 늘어서 있다가 그걸 다

꾳꾳꾳꾳

65. 훈채 마늘이나 파처럼 몸을 자극하는 채소.
66.『도인경』度人經 도교 경전의 하나.
67.『옥추경』玉樞經 저자 미상의 도교 경전.
68. 뇌부雷府 뇌신雷神 즉 우레의 신이 거처하는 곳.

먼저 알아차리거든. 상제께서는 늘 가까이 계셔서 사람들이 어떤 일을 했다 하면 곧바로 그걸 두궁[69]에 기록해 두게 하신다네. 그래서 하늘에서 선과 악에 대한 보답을 내리는 게 그림자나 메아리보다도 더 빠른 거야. 우매한 자들은 하늘을 우습게보고 하늘이 세상 물정을 모른다며 두려워할 필요가 없다고 여기지만, 이들이 저 아득한 위에 참으로 세상을 주재하는 분이 계셔서 세상 만물의 운명을 쥐고 있는 줄을 어찌 알겠나? 자네는 인내심이 강하지만 욕심을 완전히 없애지 못했으니, 만일 삼가지 않다가 한번 이단異端으로 빠지게 되면 몇 겁[70] 동안 고통을 받게 될 걸세. 삼가지 않아서야 되겠나?"

남궁두는 눈물을 흘리며 선사의 가르침을 받고는 즉시 하직 인사를 하고 하산했다. 되돌아보니 사람이 살던 흔적이라곤 조금도 남아 있지 않았다.

먼 길을 걸어 임피에 이르렀다. 하지만 옛집은 터도 남지 않았고, 소유했던 땅은 모두 몇 번이나 주인이 바뀐 뒤였다. 서울에 가니 옛집은 터만 남아 주춧돌이 덤불 속에 이리저리 놓여 있었다. 남궁두는 눈물을 참으며 돌아왔다. 문득, 착실하던 늙은 종

---

69. **두궁**斗宮 북두신北斗神이 거주하는, 북두성에 있다는 궁궐. 북두신은 상제의 비서 역할을 하는 신하이다.
70. **겁**劫 천지가 한 번 개벽해 다음번 개벽할 때까지의 시간.

하나가 해남에 살고 있다는 생각이 들었다. 그 종은 부유해서 집과 땅을 가지고 있었으므로 가서 몸을 맡겨 보기로 했다. 그 종은 남궁두를 보고 처음에는 누군지 못 알아보더니 한참 뒤에야 자기 주인임을 알아차리고는 손을 맞잡고 울부짖으며 애통해했다. 종은 자기 집을 비워 남궁두가 거처하게 하고 민가의 여인을 아내로 맞게 했다. 그리하여 남궁두는 아들과 딸을 하나씩 두었다.

남궁두는 다시 가정을 이룬 뒤에도 스승의 가르침을 늘 되새기며 시종일관 조금도 게으름을 부리지 않았다. 용담[71]이라는 곳에 은거하여 깊은 골짜기에 자리 잡고 살았는데, 그곳은 치상산에서 가까웠으므로 다시 한 번 선사를 만나 뵐 수 있을까 해서였다. 수십 년 동안 황정과 솔잎을 먹으니 날이 갈수록 몸이 건강해졌고 머리도 세지 않았으며 걸음걸이도 나는 듯이 가벼웠다.

만력[72] 무신년(1608) 가을, 나는 공주에서 파직당한 뒤 부안에 와 살고 있었다.[73] 이때 남궁선생이 고부에서 걸어와 내가 있던 집을 방문했다. 선생은 내게 네 가지 경전[74]의 오묘한 뜻을 일러 주고, 아울러 선사를 만났던 일의 전말을 위와 같이 자세히 이야

---

71. **용담龍潭** 전라북도 진안군의 고을 이름.
72. **만력萬曆** 명나라 신종神宗의 연호. 1573~1619년.
73. **나는 공주에서~살고 있었다** 작자 허균은 1607년 12월에 공주목사 公州牧使가 되었다가 이듬해 8월에 파직당하고 전라북도 부안에 임시 거처를 마련해 살았다.

기해 주었다.

선생의 금년 나이는 83세이지만 얼굴은 마흔예닐곱 살 정도로밖에 보이지 않았고, 시력이나 청력이 조금도 감퇴하지 않았으며, 봉황의 눈[75]에 검은 머리를 한 모습은 속세의 때가 전혀 없어마치 여윈 학처럼 보였다. 어떤 때는 며칠 동안이나 먹지도 잠자지도 않은 채『참동계』와『황정경』을 쉬지 않고 외었는데, 그러다가 문득 이런 말을 했다.

"남몰래 음험한 짓을 하지 말고, 귀신이 없다 말하지 말게. 선을 행하고 덕을 쌓으며 욕심을 끊고 마음을 단련하면 상선上仙[76]의 경지에 이르게 되고, 그러면 곧 난새와 학이 내려와 맞이해 갈 걸세."

나는 선생이 밥 먹고 숨 쉬는 것이 보통 사람과 같은 것을 보고 의아하게 여겼다. 그러자 선생은 이렇게 말했다.

"나는 당초에 하늘로 오르려 했지만, 빨리 이루고자 하다가 결국 이루지 못했네. 우리 선생님께서는 나더러 지상선은 될 거라며 부지런히 수행하면 8백 살까지는 살 수 있다고 하셨지.

그런데 요사이 산속 생활이 너무 한적하기에 속세로 내려와 봤더니 친지라곤 한 사람도 없더군. 게다가 가는 곳마다 젊은것들

꒜꒜꒜꒜

74. **네 가지 경전** 『황정경』, 『참동계』, 『도인경』, 『옥추경』을 말한다.
75. **봉황의 눈** 가늘고 길며 눈초리가 깊고 붉은 기운이 있는 눈. 예로부터 귀상貴相으로 친다.
76. **상선上仙** 하늘로 올라가 신선이 되는 것. 혹은 9품의 신선 가운데 최고의 신선.

이 내 늙고 추한 모습을 업신여기니, 인간 세상에는 조금도 흥미가 없어졌어. 사람이 장수하고 싶어 하는 건 원래 즐거움을 위해서인데, 나는 쓸쓸해서 즐거움이라곤 전혀 없으니 오래 살아 봐야 뭐 하겠나? 그래서 이젠 속인들이 먹는 음식을 금하지 않고, 아들도 안아 보고 손자 재롱도 보며 여생을 보내다가 죽어 하늘이 내린 이치를 순순히 따르려 하네.

자네는 신선의 자질과 도인의 풍채를 지녔으니, 힘을 다해 수행하기를 그치지 않으면 신선이 되기까지 그 길이 그리 멀지 않을 걸세. 우리 선생님은 나더러 인내심이 강하다고 하셨지만 나는 결국 인내하지 못해 이렇게 되었으니, '인'忍이라는 한 글자는 선가仙家의 오묘한 비결이라 할 걸세. 자네는 삼가 이 한 글자를 꼭 잡아 놓지 말게!"

선생은 수십 일을 머물다가 어느 날 소매를 떨치고 일어나 떠나갔다. 사람들은 신생이 용담으로 돌아갔다고들 했다.

허자[77]는 말한다.

"'우리나라 사람은 불교는 숭상하지만 도교는 숭상하지 않는다'는 말이 전해 온다. 신라로부터 조선에 이르기까지 수천 년 동안 도를 얻어 신선이 되었다는 사람이 단 한 명도 없으니, 과연

77. **허자**許子 작자 허균이 자신을 지칭한 말.

그 말이 옳은 걸까? 그러나 내가 만난 남궁선생으로 말하자면 참으로 기이하다 할 만하다. 선생의 스승은 과연 어떤 사람일까? 의상대사에게 비결을 전수받았다고 하는데 이는 꼭 믿을 만한 것 같지는 않고 말한 바 또한 모두 그럴듯하지는 않으니, 요컨대 그림자나 메아리처럼 확실한 실체가 없는 일이다. 다만 선생의 나이와 용모를 보아서는 참으로 득도한 사람이 아니고서야 어찌 나이 여든에 이처럼 건강할 수 있겠는가? 그러므로 이런 일이 실제 없었다고 결코 단정할 수는 없는 일이니, 아아, 참으로 기이하다!

우리나라는 바다 밖 외진 곳에 있어 선문자와 안기생[78] 같은 신선이 드물었는데, 바로 이런 이인異人이 깊은 산중에 수백 수천 년 동안 살아 남궁선생이 한 번 만나 볼 수 있었으니, 누가 '궁벽한 땅이라 그런 사람이 없다'고 말할 수 있겠는가? 도에 통달하면 신선이고 도에 어두우면 보통 사람이거늘, '우리나라 사람은 불교는 숭상하지만 도교는 숭상하지 않는다'는 말이 어찌 공연한 말이 아니겠는가? 남궁선생이 만일 빨리 이루려고 하지 않아 마침내 단丹을 이룰 수 있었다면 저 선문자나 안기생과 어깨를 맞대고 나란히 서는 데 무슨 어려움이 있었겠는가? 오직 인내하지 못했기 때문에 거의 다 이루어졌던 것을 어그러뜨리고 말았으니, 아아, 애석하다!"

꽃꽃꽃꽃

78. 선문자羨門子와 안기생安期生 둘 다 중국의 옛 신선.

126

부목한전

이옥

우리말로 승려를 '중'이라 하고, 노승老僧은 '수좌'라 하며, 사미 승[1]은 '상좌'라 하고, 화두타[2]는 '부목한'[3]이라 하며, 중이었다가 다시 환속한 사람은 '중속한'[4]이라 한다.

진천[5]의 산속에 어떤 절이 있었는데, 절에는 수좌가 한 사람 있 었고 그 수좌에게는 상좌가 한 사람 있었다. 수좌는 매번 상좌를 불러 이렇게 말하곤 했다.

"날 위해 술을 한 말 담가라!"

술이 막 익으면 그때마다 부목한 한 사람이 어디서 왔는지 모 르게 나타났다. 수좌는 상좌로 하여금 술동이를 지고 따라오게

1. **사미승**沙彌僧 불문에 든 지 얼마 안 되어 불법에 미숙한 어린 남자 수행자를 이르는 말.
2. **화두타**火頭陀 불 때는 일을 맡은 승려.
3. **부목한**浮穆漢 불목하니. 절에서 밥 짓고 물 긷는 일을 맡아서 하는 사람.
4. **중속한**重俗漢 중속환이.
5. **진천**鎭川 충청북도의 고을 이름.

하고는 부목한과 함께 고요하고 외진 솔숲 그늘로 갔다. 수좌와 부목한은 그곳에서 술을 마시며 이야기를 나누었는데, 불교와 도교의 오묘한 이치에 관한 것이어서 곁에 있던 상좌로서는 도대체 무슨 말인지 이해할 수가 없었다. 술동이가 완전히 비면 부목한은 곧바로 일어나 떠났다. 술은 몇 달에 한 번씩 빚었는데, 술이 익으면 반드시 부목한이 왔고, 부목한이 오면 반드시 술을 먹었으며, 그때마다 상좌는 가만히 엿들었지만 무슨 말인지 알아들을 수 없었다. 이렇게 한 것이 벌써 1년이었다.

어느 날 부목한이 또 와서 술을 다 마시고 작별하려 하다가 문득 슬픈 표정을 짓더니 이렇게 말했다.

"자네, 아무 날에 일어날 일을 알고 있나?"

수좌가 말했다.

"왜 모르겠나?"

"어쩔 건가?"

"순순히 받아들여야지."

"왜 피하지 않나?"

"내가 이 산에 들어올 때부터 이미 정해진 일이었네."

"그러면 이 세상에서 노니는 것도 오늘로 그만이로군. 나중에 그날이 되면 자넬 위해 다시 오도록 하지."

"알았네."

마침내 서로 마주 보고 작별 인사를 했다.

부목한이 말하던 그날이 되자 수좌는 새벽에 일어나 향탕[6]에 목욕을 하고는 가사를 입고 가부좌를 틀고 앉아 아미타불을 외는데, 염불 소리가 끊이지 않았다.

 날이 저물자, 앞산에 호랑이가 나타났으니 조심해야 한다는 말이 나돌았다. 수좌는 즉시 방문을 열고 나섰다. 그런데 수좌의 옷자락이 미처 문지방을 넘기도 전에 뭔가가 수좌를 홱 낚아채 달아나는 게 아닌가. 중들이 떠들썩하게 몰려와 그 뒤를 쫓았다. 숲에서 수좌를 찾았는데, 몸에는 아무런 상처도 없었고 옷자락에만 호랑이의 이빨 자국이 보였다. 중들은 수좌에게 뜨거운 물을 먹여 보았지만 소생시킬 수 없었다.

 마침내 수좌의 시신을 염하여 버드나무 관에 넣은 후 다비할 날을 정하니, 그날은 바로 부목한이 오기로 한 날이었다. 다비하는 날, 불을 붙이려 할 즈음 부목한이 오더니 한바탕 곡을 하는데, 그 소리가 몹시 슬펐다. 부목한은 화장 절차가 모두 끝나는 것을 보고 돌아갔다.

 상좌는 몰래 짐을 꾸려 두었다가 부목한의 뒤를 따랐다. 부목한이 상좌를 꾸짖으며 돌아가라고 했지만 상좌는 말을 듣지 않았다. 부목한은 굽이굽이 길을 돌아 산골짜기로 들어가더니 가시덤불 숲과 칼처럼 뾰족뾰족한 바위를 나는 듯이 지났다. 상좌는 죽

---

6. **향탕香湯** 염습殮襲할 때 시체를 씻기 위하여 향즙을 넣어 달인 물.

을힘을 다해 부목한의 뒤를 따랐다. 넘어지면 또 일어나 잰걸음을 걸었다. 짚신이 피로 물들었지만 조금도 쉬지 않고 걸음을 재촉했다. 하루 낮밤을 이렇게 하자 부목한이 말했다.

"이리 와 보거라! 넌 왜 이런 고생을 해 가며 나를 따라오는 게냐?"

"돌아가신 우리 스승님께서는 이인異人이셨는데, 제가 미처 알아뵙기도 전에 이미 세상을 떠나셨습니다. 이제 선생님이 아니시면 장차 누구를 스승으로 섬기겠습니까? 제자로 받아 주시기 바랍니다."

"아아! 성실함은 됐다마는 수명을 어쩌겠나!"

상좌가 무슨 말인지 묻자 부목한이 이렇게 말했다.

"지금부터 3년이 남았을 뿐이다. 도道가 네 목숨을 구하기 전에 네가 먼저 죽게 된다면 고생만 할 뿐 얻는 것이 아무것도 없을 게 아니냐. 너를 위한 계책으로는 어서 속세로 돌아가 술과 고기를 먹으며 네 본성이 하고자 하는 대로 살다가 남은 생을 마치는 게 최선이다. 그게 아니라면 내가 뭐가 아까워 너를 가르치지 않겠느냐?"

상좌는 그만 풀이 죽어 실망하더니 절하고 돌아갔다. 부목한 또한 끝내 자기 이름과 사는 곳을 말하지 않고 떠났다.

상좌는 돌아와 중속한이 된 뒤 늘 장터를 오가며 부목한과 만났던 일을 자세히 이야기하고 자기가 죽을 때를 말하고 다녔다.

사람들 중에는 그 말을 믿지 않는 이도 있었지만, 상좌는 과연 자기가 말하던 때가 되자 죽었다고 한다.

매화외사[7]는 말한다.

"'제 고을 명창 없고, 동접에 문장 없다'[8]는 속담이 있다. 우리나라 사람은 본래 스스로를 낮추어 본다. 그래서 '월越나라에 신선이 있고, 촉蜀나라에 부처가 있다'고 하면 믿지만, '우리나라 아무 산에 신선과 부처가 있다'고 하면 믿지 않는다. 촉나라와 월나라에서 보면 우리나라 아무 산 역시 우리가 생각하는 촉나라나 월나라와 똑같다는 사실을 왜 모르는 걸까?

또 이인異人이 세상에 아직 정체를 드러내기 전에 저 부목한이 했던 것처럼 속세 사람들 속에 묻혀 산다면, 바로 앞에서 얼굴을 마주치고도 그냥 지나쳐 버리고 말 것이다. 밭에서 일하고 있는 아낙네가 바로 관음보살이 아니라고 어찌 단언할 것이며, 호숫가의 나그네가 궁무상[9]이 아닌 줄 어찌 알겠는가?

나는 진천의 중이 겪은 일이 정말로 있었던 일임을 알게 되었다. 그렇다면 김삼연과 남궁두가 만났다는 사람[10]도 모두 믿을 만

❧❧❧❧

7. 매화외사梅花外史 작자인 이옥李鈺의 호.
8. 제 고을~문장 없다 자기 주변의 사람에게 인정받기가 오히려 더 어렵다는 말. '동접'同接은 같은 곳에서 함께 공부한 사람.
9. 궁무상宮無上 당나라 초기의 신선인 여동빈呂洞賓을 말한다.

한 것이 아닐까. 아아! 어떡하면 이런 사람을 만나 볼 수 있을
까?"

<hr />

🎗️🎗️🎗️🎗️

10. 김삼연과 남궁두가 만났다는 사람 '김삼연'金三淵은 숙종~영조 때의 저명한 문인인 김창흡金昌
翕을 말한다. '삼연'은 그의 호이다. '남궁두'南宮斗는 선조·광해군 때의 유명한 도인이다. 남궁
두가 신선을 만난 이야기는 허균의 「남궁선생전」에 보인다.

안상서전

권칙

만력[1] 말기의 사람 안여식安汝式은 자字가 경숙敬叔이고, 당강唐絳은 자가 화숙華叔이었다. 두 사람은 모두 탁군 누상촌[2] 사람으로, 어려서부터 친하게 지내며 문학으로 명성이 있었다. 장성해서 안여식은 각로[3] 방종철[4]의 사위가 되고, 당강은 장공주[5] 이황친[6]의 사위가 되었다. 안여식이 먼저 과거에 급제하여 서길사[7]가 되자, 당강 역시 몇 년 뒤 과거에 급제하여 한림원 편수[8]가 되었다.

---

1. **만력萬曆** 명나라 신종神宗의 연호로, 1573년에서 1619년까지 사용되었다.
2. **탁군涿郡 누상촌樓桑村** 지금의 중국 하북성에 속하는 고을.
3. **각로閣老** 명나라 때 재상宰相의 칭호.
4. **방종철方從哲** 명나라 신종 때의 재상. 예부상서禮部尚書 겸 동각東閣 태학사大學士를 거쳐 7년간 재상을 지냈다. 희종熹宗 즉위 후 조정 대신들의 탄핵을 받았으나, 얼마 안 있어 중극전中極殿 태학사大學士에 올랐다.
5. **장공주長公主** 황제의 누이.
6. **이황친李皇親** '황친'은 황제의 친속을 가리키는 말.
7. **서길사庶吉士** 한림원에 둔 관직 이름. 과거급제자 중에서 특히 문장에 빼어난 인재들을 선발하여 서길사로 삼았다. 명나라에서는 한림원을 매우 중시하여 이곳의 관직을 거치지 않고서는 조정 대신이 될 수 없다고 할 정도였으므로, 과거급제자들은 서길사로 뽑히는 것을 영광으로 여겼다.

이때 각로 방종철이 죽고, 만력 황제 또한 세상을 떠나 천계 황제⁹가 즉위했다. 안여식은 조정에서 의견을 말하다가 황제의 뜻을 거스른 탓에 무녕¹⁰ 수령으로 좌천되어 나갔다. 반면 당강은 황제의 인척으로서 총애를 받아 예부시랑禮部侍郎을 거쳐 동각 태학사¹¹로 발탁되니 그 영광과 은총을 견줄 데가 없었다. 이윽고 온덕전¹² 태학사와 이부상서吏部尙書를 지냈는데, 자기와 뜻을 달리하는 이가 있으면 반드시 배척하였다.

안여식은 임기를 마치고 집으로 돌아와 늘 편치 않은 마음으로 지내다가 늙은 부모님을 모시고자 한다는 이유로 외직外職을 구해 통주¹³ 수령이 되어 나갔다. 하지만 얼마 안 있어 그마저도 그만두고 돌아왔다. 안여식이 하루는 당강을 찾아가 산동포정사¹⁴ 벼슬을 청했다. 그러자 당강은 이렇게 말했다.

<hr />

※※※※

8. **편수編修** 한림원의 관직 이름. 국사國史 편수編修를 관장했다.

9. **천계 황제** 명나라 희종熹宗을 말한다. '천계'天啓는 희종의 연호로, 1621년에서 1627년까지 사용되었다.

10. **무녕武寧** 중국 사천성에 있던 현縣 이름.

11. **동각 태학사** '동각'東閣은 명나라 태학사大學士가 근무하던 집의 하나. 원래는 황제의 비답批答을 작성하는 등 재상의 보좌 역할을 수행했으나, 선종宣宗 이후로는 품계가 육경六卿보다 높아졌으며 각로閣老라 일컬어졌다.

12. **온덕전溫德殿** 태학사가 근무하던 집의 하나.

13. **통주通州** 하북성 통현 일대로, 춘추시대의 연燕나라 지역에 해당한다.

14. **산동포정사** '산동'山東은 지금의 산동성 일대. '포정사' 布政使는 포정사布政司의 장관長官. 명대明代에는 전국을 13포정사布政司로 나누고, 각 포정사마다 좌포정사左布政使와 우포정사右布政使 각 1인을 두어 한 성省의 민정民政과 재정財政을 관장하는 최고 행정 장관으로 삼았다.

"자네 재주라면 의당 조정에 들어와 국가의 중대한 일을 도우며 태평 시절을 함께 누려야 하지 않겠나? 그러니 천천히 기회를 살펴보세."

안여식은 당강의 탐욕스럽고 제멋대로 구는 모습이 보기 싫었음에도 친구 간의 정과 의리로 간혹 찾아가 보았지만 자주 찾아가지는 않았다. 당강은 이를 불쾌히 여겼다.

숭정[15] 초기에 이르러 당강이 더욱 황제의 신임을 받아 환관과 결탁하니, 안팎의 대권大權이 오로지 당강 한 사람에게 돌아갔다. 그러다가 환관 고기잠[16]과 틈이 벌어지매, 당강이 권력을 독점하고 재물을 탐내며 관계官界를 더럽히고 있다는 상소가 올라오게 되었다. 결국 조정에서는 당강의 재산을 모두 압수하고 관직을 빼앗았다. 다만 당강이 이황친의 사위인 까닭에 유배형만은 면해 주고 고향으로 돌아가게 했다.

예부상서禮部尙書 왕태로[17]는 평소에 안여식이 낭강에게 아부하지 않았다는 걸 알고, 황제에게 안여식을 한림학사로 임명하여 조정의 중대한 일을 의논하는 데 참여시키자고 아뢰었다. 하지만 안여식은 세 번 글을 올려 벼슬을 사양했다. 환관들은 안여식의

---

15. **숭정崇禎** 명나라 의종毅宗의 연호. 1628년에서 1643년 사이에 해당한다.
16. **고기잠高起潛** 명나라 말기의 환관으로 권세를 누렸으나 훗날 청나라에 투항했다.
17. **왕태로王台老** '태로'는 재상을 일컫는 말.

강직함을 꺼려, 안여식이 문무의 재주를 겸비하고 있다며 어사御史에 임명하여 요주와 광주[18]로 내보내 군무를 살피게 했다.

안여식은 임명된 그날로 명을 받들어 길을 떠났다. 산해관[19]에 이르러 보니 어른 한 사람과 소년 세 명이 시장에서 구걸을 하고 있었다. 바로 당강 4부자였다. 안여식이 수레에서 내려 당강의 손을 잡고 눈물을 흘리며 말했다.

"화숙,[20] 그간 어떻게 지냈는가? 헤어진 지 얼마 안 됐는데 갑자기 이런 일이 생기다니!"

당강은 감히 고개를 들지 못하고 다만 "황송하옵니다"라는 말만 할 뿐이었다. 안여식은 금 50냥과 비단 20필을 내주며 이렇게 말했다.

"지금 가진 게 충분치 않아 물건이 약소하네만 몇 달 지낼 노자는 될 걸세. 산해관을 나서면 어느 정도 물품을 마련해 돕도록 하겠네만, 자네 거처가 어찌 되는지 모르겠군."

당강은 얼굴 가득 부끄러운 기색을 띤 채 엎드려 기면서 일어나지 못하였다. 당강은 엎드린 채로 이렇게 대답했다.

"제가 죄를 얻은 뒤로 황친皇親도 돌아가시고 아내 역시 곧이어 죽고 말았습니다. 재산이며 토지와 집은 모두 나라에 몰수되었습

꾸꾸꾸꾸

18. 요주遼州와 광주廣州 지금의 요녕성 일대.
19. 산해관山海關 하북성 임유현의 관문. 만리장성의 기점起點으로, '천하제일관' 天下第一關이라 칭해지는 요충지이다.
20. 화숙華叔 당강의 자字.

140

니다. 그 뒤로 친척들도 저를 버리고 마을에서도 저를 천시하니, 돈을 빌리려고 해도 빌릴 곳이 없었습니다. 마침 황친이 예전에 부리던 종 서상徐祥이라는 자에게 수백 금을 빌려 장사를 해 보려고 나섰지만 옥전현[21]에 이르렀다가 길에서 도적을 만나 가진 걸 모두 빼앗기고 말았습니다. 부자父子가 간신히 목숨만 건져 걸식하며 연명해 온 것이 벌써 한 달여입니다. 생각지도 않게 옛 벗이 스스로 높은 벼슬에 올라 오늘 이 같은 도움을 내리시니, 어찌 밥 한 그릇으로 굶주림을 면케 하고 물 한 두레박으로 다 죽어 가는 물고기를 살리는 일과 같을 뿐이겠습니까? 지금 내려 주신 것을 가지고 고향에 돌아가 생계를 꾸릴 밑천으로 삼고자 합니다. 벗의 은혜는 결초보은하겠습니다.”

안여식이 말했다.

“요사이 세상 돌아가는 일을 보자니 이미 어쩔 수 없는 지경에 이르렀네. 나 또한 벼슬을 버리고 산으로 들어가 몸을 보선할 계획이나, 황제의 은혜가 지극히 커서 지금 또 변방의 임지로 가고 있다네. 하지만 몇 년 안에 자네와 함께 돌아가려 하니, 자네는 예전 일을 마음에 두지 말고 여기 머물러 기다리도록 하게.”

당강은 한편으로는 부끄럽고 한편으로는 감동하여 고맙다는 인사를 거듭 되풀이했다.

꽃☆꽃☆

21. 옥전현玉田縣 하북성의 현縣 이름. 북경 동쪽에 있다.

안여식은 드디어 영원위[22]에 이르러 총병[23] 조대수[24]와 함께 성을 고쳐 쌓고 군사들을 훈련시키며 목숨을 걸고 성을 지킬 계책을 세웠다. 환관들은 안여식이 공을 세우는 것을 꺼려 마침내 황제에게 아뢰어 안여식을 공부상서工部尚書로 삼아 조정으로 불러들이게 했다. 안여식은 나라의 운명이 이미 기운 것을 알아차리고 벼슬에서 물러나기 위해 상소했으나 황제의 허락을 얻지 못했다. 이에 다시 병을 핑계 삼아 다섯 번이나 사직을 원하는 상소를 올리니 황제가 어쩔 수 없이 허락했으나, 육과[25]는 모두 안여식이 관직에 남아 있기를 바랐다. 그러자 환관들이 황제에게 이렇게 아뢰었다.

"안여식의 나이가 이미 70세니 허락하셔서 원하는 대로 살도록 해 주시는 게 좋겠습니다."

황제 또한 그렇게 여기고 안여식에게 평상시의 녹봉을 그대로 지급하게 하고, 집으로 돌아가는 것을 허락했다. 안여식은 그날로 길을 떠났다.

꽃꽃꽃꽃

22. **영원위寧遠衛** 명나라가 요녕성 홍성현에 두었던 군사 거점.
23. **총병摠兵** 명나라의 고위직 무관武官.
24. **조대수祖大壽** 명나라 말기에 총병이 되어 대릉하大淩河에 성을 쌓았으나 청나라 태종太宗에게 포위되어 항복하였다. 후에 반란을 일으켜 금주錦州에 웅거했으나 다시 항복하여 청나라로부터 총병 벼슬을 받았다.
25. **육과六科** 육과급사중六科給事中을 말한다. 명나라의 관직으로, 황제를 보필하며 간언하는 일과 함께 이·호·예·병·형·공 6부를 감찰하는 일을 맡았다.

142

이때 당강은 이미 북경에 와 있다가 안여식을 따라 고향으로 돌아왔는데, 안여식은 모든 노자를 당강과 똑같이 나누어 썼다. 안여식은 집으로 돌아온 지 며칠 뒤 집과 농장을 정리하여 처자식과 함께 내주[26]로 가서 배를 타고 바다를 건널 계획을 세웠으나, 당강은 안여식의 생각에 따르지 않았다. 안여식은 자신의 집과 땅을 모두 당강에게 주었다. 안여식의 벗인 합국진邵國珍이란 사람이 안여식에게 이렇게 말했다.

"당강이 제멋대로 권세를 부리던 시절에 고향 사람으로서의 의리나 친구로서의 정을 조금도 돌아보지 않은 채 공격하고 배척하기를 그치지 않았건만, 자네는 왜 이리 당강을 아끼는 마음이 절절한가?"

안여식이 말했다.

"그 사람이 나를 저버렸다 해도 내 어찌 그 사람을 저버릴 수 있겠나? 더구나 지금은 천하가 크게 어지러워 머잖아 나라가 망하리라는 걸 충분히 짐작할 수 있네. 내가 보기엔 10년 안에 중국이 오랑캐의 땅이 되고 말 걸세. 그렇게 된 뒤에 재물과 전답을 지킬 방법이 있겠나?"

합국진이 말했다.

"나도 자네를 따라가고 싶은데, 괜찮겠나?"

꙾꙾꙾꙾
26. 내주萊州 산동성의 고을 이름.

안여식이 매우 기뻐하며 마침내 당강을 남겨 두고 합국진과 함께 길을 떠나 장백산[27]에 들어가 은거했다.

그 뒤 청나라 군대가 북경을 함락시켰다. 숭정 황제는 분신자살하고, 홍광 황제[28]가 금릉金陵에서 즉위했다. 당강은 청나라에 투항하여 요직에 기용되었는데, 조선을 침략한 일이 모두 그의 소행이었다. 이후 섭정왕[29]의 총애를 받았으나 섭정왕이 몰락하면서 당강 부자는 모두 죽임을 당하고 말았다.

안여식은 합국진과 함께 배를 타고 바다로 나가 황성도皇城島에 이르렀다. 그곳에서 몇 년을 지낸 뒤 조선 땅에 이르러 여기저기를 거쳐 영남으로 가서 태백산 아래에 깃들여 살았다.

신묘년(1651) 봄에 나는 공무 때문에 청풍군[30]에 갔다가 주막에서 안여식의 아들 천명天命을 만났다. 나는 천명의 사람됨이 기이해 보이기에 그와 동숙同宿하였다. 비가 내려 며칠간 머물게 되었

---

27. **장백산長白山** 백두산의 다른 이름.
28. **홍광 황제** 명나라 말의 복왕福王을 말한다. '홍광'弘光은 복왕의 연호(1645년)이다. 복왕은 청나라 군대를 피해 회안淮安으로 갔다가 마사영馬士英 등의 추대로 금릉金陵(남경南京)에서 제위帝位에 올랐으나, 곧이어 들이닥친 청나라 군대에 사로잡혀 사형당했다.
29. **섭정왕攝政王** 청나라 태조太祖 누르하치의 열넷째 아들인 도르곤多爾袞의 봉호封號. 태조와 태종太宗 때 중용되어 많은 전공을 세웠다. 이자성李自成의 군대를 격파하고 북경을 점령하여 청나라 순치제順治帝를 맞아들였다. 당시 순치제는 나이가 어려 숙부인 그가 섭정攝政을 하며 권세를 휘둘렀는데, 죽은 뒤 왕작王爵을 삭탈당했다.
30. **청풍군淸風郡** 지금의 충청북도 제천군 청풍면 일대.

144

는데, 천명은 이런 이야기를 내게 해 주었다. 천명은 이야기를 다 한 뒤 이렇게 말했다.

"저희 아버지는 여든두 살이지만 얼굴에 생기가 있고 걸음걸이가 나는 듯해 40세 정도로밖에 보이지 않습니다. 늘 이런 말씀을 하셨지요.

'조선은 본래 산수山水의 나라라고들 일컫는다. 그런데 묘향산과 칠보산은 너무 서북쪽에 있고, 지리산도 전쟁을 피할 땅은 못 된다. 전쟁을 피할 곳으로는 태백산이 제일의 복지福地다. 지금부터 30여 년 뒤에 진인眞人이 섬서陝西 지방에서 일어나 중국을 평정할 텐데, 태평 시절은 이로부터 시작될 거다. 나는 그걸 볼 수 없겠지만 너희들은 중국으로 돌아가게 될 거다.'"

안여식에게는 아들 일곱이 있었으니, 원명元命·진명眞命·대명大命·신명信命·수명受命·천명·보명保命이 그들이다. 내가 우리나라가 앞으로 얼마나 지속될지 묻자 천명은 만만년 갈 것이라고만 대답하였다. 또 전쟁을 피할 수 있는 곳을 묻자 이렇게 말했다.

"아버지께서 늘 말씀하셨습니다. '태백산이 으뜸이고, 면양31이 그 다음이며, 예맥32이 그 다음이다'라고요."

또 그 밖의 다른 일 몇 가지를 물었더니, 모르겠다고 대답했다.

꽃꽃꽃꽃

31. **면양沔陽** 충청남도 면천沔川 일대.
32. **예맥穢貊** 강원도 일대를 일컫는 말.

이튿날 작별 인사를 하고 내게 시를 한 편 주며 무엇이라 말했는데, 알아들을 수 없는 말이 많았다. 무슨 말인지 물으려 하자 소맷자락을 떨치고 일어나 떠나갔다. 참으로 기이한 일이었다. 천명이 지어 준 시는 다음과 같다.

해는 바다에 들고 달은 아직 안 높은데
은대銀臺[33]와 황금 궁궐 파도에 숨었네.[34]
태백산 돌아보니 일천 봉우리 푸르른데
때마침 구름 사이 향해 비단 도포 떨치네.

33. 은대銀臺 은으로 만든 누대樓臺.
34. 해는 바다에~파도에 숨었네 만주족의 지배로 중국이 어둠 속에 잠겼다는 뜻.

설생전

오도일

청파리[1]는 지금의 서울 남부에 있는 동리다. 이곳에 어떤 선비가 살았는데, 의기가 있고 문학을 좋아했다. 선비는 기이한 재주를 가진 이로서, 과거 공부에 힘썼지만 운수가 나빠 번번이 시험에 떨어지고 말았다.

광해군光海君 말에 계축옥사[2]가 일어나자 세상사에 염증을 느끼고는 속세를 떠나 은거하고자 했다. 마침 친구 하나가 선비의 집을 방문했는데, 이 친구는 평소에 선비와 마음이 잘 통하던 이였다. 두 사람은 마주 앉아 손바닥을 치며 강개한 마음으로 시사時事를 논하다가 눈물을 뚝뚝 흘렸다. 선비가 이렇게 말했다.

"삼강오륜이 무너졌으니 선비가 이 세상에서 어찌 처신해야 하

1. **청파리青坡里** 서울 용산구 청파동 일대.
2. **계축옥사** 계축년(1613)에 광해군이 인목대비를 서궁西宮에 유폐하고, 이복동생인 영창대군을 서인庶人으로 만든 사건을 말한다.

겠는가! 나는 이제 은거하려 하는데, 자네 생각은 어떤가?"

친구가 대답했다.

"그게 바로 내 생각일세. 지금 자네 말도 있고 하니 함께 은거하고 싶지만, 부모님이 계셔서 쉽게 허락할 수가 없네."

친구는 곧 작별 인사를 하고 돌아갔다.

한 달 뒤에 친구가 선비의 집에 가 보니 집주인이 바뀌어 있었다. 친구는 이웃에 물었다.

"이 집에 살던 선비는 어디로 갔습니까?"

이웃 사람은 이렇게 대답했다.

"이달 초에 처자식과 함께 이사 갔습니다. 우리한테는 무슨 일로 어디를 가는지 아무 말이 없었습니다."

친구는 지난번 선비의 말을 들은 바 있기에 마음으로 짐작은 됐지만, 왜 그리 급히 떠났는지 괴이했고 어디로 갔는지 알 수도 없었다. 그 뒤로 먼 데 있는 산이나 외진 땅에서 오는 사람을 만나면 그때마다 선비의 행방을 물어보았지만 아는 사람이 아무도 없었다.

계해년(1623)에 새 임금이 즉위하자[3] 친구는 임금의 지우知遇를 입어 중앙과 지방의 여러 관직을 역임하며 차츰 높은 지위에 이르렀다. 갑술년(1634)에는 강원도 관찰사가 되어 그해 3월에 간성[4]

3. **계해년에 새 임금이 즉위하자** 계해년(1623)의 인조반정仁祖反正을 가리킨다.

지역을 순시하다가 청간정[5] 남쪽에 있는 영랑호[6]에서 배를 타게 되었다. 영랑호는 관동에서 가장 아름답기로 유명한 곳이었는데, 마침 비가 내려 호숫가가 씻은 듯이 깨끗했다. 물결은 푸른빛으로 일렁였고, 검푸른 먼 산이 안개 사이로 보였다 사라졌다 했으며, 물가 양쪽에는 해당화가 목욕한 듯 흐드러지게 피어 있었다.

이윽고 저 멀리서 살랑살랑 배를 저어 오는 사람이 있었다. 안개가 하도 짙게 끼어 있는 듯 없는 듯 하더니 가까이 다가오자 비로소 분명히 보였다. 배에 탄 사람은 바로 행방을 알 길이 없던 그 선비였다. 관찰사가 깜짝 놀라 배를 향해 소리를 질렀다. 그러고는 선비를 맞이하여 자기가 탄 배에 오르게 한 뒤 손을 잡고 몹시 기뻐했는데, 마치 죽은 사람을 다시 만난 듯했다. 관찰사가 선비에게 지금 어디 사는지, 배를 타고 이곳에 온 이유가 무엇인지 묻자 선비는 이렇게 대답했다.

"저는 지금 양양부[7] 관아에서 동남쪽으로 60리쯤 떨어진 곳에 있는 회룡굴回龍窟이라는 데 사외다. 몹시 외진 곳이라서 속인은 오는 이가 드물어 세상에 알려지지 않았지요. 마침 오늘이 길일

4. 간성杆城 강원도 고성군에 있는 고을 이름.
5. 청간정清澗亭 강원도 고성군 해안에 있는 정자. 관동8경의 하나로 꼽힌다.
6. 영랑호永郎湖 강원도 고성군에 있는 호수. 신라시대에 영랑永郎이라는 신선이 여기에 배를 띄우고
   놀았다는 전설이 전한다.
7. 양양부襄陽府 강원도 동부 중앙에 위치한 고을 이름.

이고 시절도 좋기에 흥이 나서 문득 여기까지 오게 되었구려."

두 사람이 마주 보고 옛날 친하게 지내던 때의 일이며 헤어진 뒤의 일로 이야기꽃을 피웠는데, 흥미진진하여 그칠 줄 몰랐다. 잠시 후 비가 조금 그치면서 바람이 일어 배가 쏜살같이 움직였는데, 눈 깜짝할 사이에 앞산을 몇 개나 지났는지 알 수 없었다. 마침내 선비가 일어나 말했다.

"제가 사는 곳이 여기서 그리 멀지 않사외다. 땅으로 걸어가면 수십 리쯤 될 겁니다. 순풍이 불면 배를 타고 반나절이면 갔다 올 수 있지요. 예전에 저에게 '평생 좋은 벗으로 지내며 서로 잊지 말자'고 하셨으니 한번 들러 주셨으면 합니다."

관찰사가 좋다고 하고 배를 재촉하여 선비와 함께 떠났다.

해가 뉘엿뉘엿 저물어 갈 즈음 육지에 이르렀다. 관찰사는 말과 따르는 사람들을 물리치고 중들로 하여금 가마를 메게 하여 숲이 우거진 골짜기로 들어갔다. 험한 길을 힘들게 몇 리 걸어가니 푸른 벼랑이 우뚝 서 있었다. 저절로 그렇게 깎여 모양이 기기묘묘했는데, 높이가 수십 길은 되어 보였으며 가운데가 벌어져 있었다. 벼랑을 둘러싸고 좌우로 콸콸 물이 쏟아지며 물과 바위가 부딪는 소리가 메아리쳤다. 벼랑 앞에는 문이 하나 있었는데, '회룡굴'이라고 쓰여 있었다. 문 앞으로는 돌길이 구불구불 오른쪽으로 가파르게 나 있었는데, 좁고 험해 새들이나 다닐 수 있을 것처럼 보였다.

두 사람은 벼랑의 벌어진 곳을 지나 칡덩굴을 붙잡거나 등나무에 매달려 앞으로 나아갔으며, 어깨를 구부려 회룡굴 안으로 들어갔다. 여기가 바로 선비의 집이었다. 굴 안의 땅은 터가 넓어 집 100여 채가 들어설 만한데, 집들이 즐비하게 늘어서 있고 토지가 비옥했다. 물에서는 물고기를 잡고 산에서는 산나물을 채취할 수 있었으며, 뽕나무·배나무·밤나무 등의 나무도 많았다. 아마도 옛사람이 일컫던 도원이나 귤주[8]가 바로 이런 곳이리라는 생각이 들었다.

선비가 관찰사를 인도해 마루 위에 오르게 하고는 아이를 불러 이렇게 말했다.

"채소를 담아내거라."

관찰사가 먹어 보니 맛이 담박하면서도 달아 속세의 음식 맛과는 전혀 딴판이었다. 이윽고 두 사람은 아름다운 나무 그늘 아래 앉아 있기도 하고 물가에서 고기를 잡기도 하고, 숲 속을 거닐기도 하고 연못가를 산보하기도 했다. 물고기와 새들은 사람을 두려워하지 않았고, 구름과 안개가 마음을 즐겁게 했다. 산봉우리와 수석의 괴이하고 웅장한 모습이 사랑스럽고도 볼만하여 아침저녁으로 천만 가지 변화무쌍한 모습을 보여 주니, 셈을 잘하는

---

8. **도원이나 귤주** '도원'桃源은 도연명陶淵明의 「도화원기」桃花源記에 그려진 이상향을 말한다. '귤주'橘洲는 중국 호남성 장사현의 상강湘江 가운데 있는 섬으로, 풍토가 좋아 귤이 많이 난다고 한다.

사람이라도 그 모습이 몇 가지로 변하는지 헤아릴 수 없을 지경이었다. 관찰사는 기쁜 마음에 돌아갈 것을 잊고 며칠을 그곳에 머물렀다.

관찰사가 마침내 떠날 차비를 하고 작별 인사를 하며 선비에게 농담을 건넸다.

"산수가 맑고 기이한 곳에 사는 것이야 은자들이 본래 그렇다지만, 자네는 집도 이렇게 부유하니 산속에 살면서 어찌 이렇게까지 될 수 있단 말인가?"

선비가 웃으며 말했다.

"제가 노닐며 오가는 곳은 여기뿐이 아닙니다. 세상을 벗어나 살게 된 뒤로는 내키는 대로 산수를 유람하며 다니는 것을 몹시 좋아해서 하루도 안 다닌 적이 없지요. 서쪽으로는 속리산의 기이한 경치를 찾고, 북쪽으로는 묘향산의 아름다운 풍경을 보았으며, 남쪽으로는 가야산에 오르고 지리산을 넘었어요. 우리나라 산천 중 기이하고 빼어나다고 소문난 곳이라면 그 절반은 가 보았을 거외다. 그러다 마음에 맞는 곳을 만나면 풀을 베어 집을 짓고 산비탈을 깎아 밭을 만들었지요. 그렇게 2년도 살고 3년도 살다가 싫증이 나면 또 다른 곳으로 옮겨 가 살았어요. 이런 까닭에 제가 있었던 거처 중엔 산이 기이하고 물이 아름다우며 밭이 넓고 집이 좋기가 여기보다 열 배나 더한 곳도 여러 군데 있사외다. 다만 세상 사람이 모를 뿐이지요."

154

관찰사가 그 말을 듣고 기이하게 여기며 오래도록 탄식했다. 관찰사는 이별을 기념하여 5언시 한 편을 지어 선비에게 주었다. 그리고 이렇게 말했다.

"훗날 서울로 나를 찾아와 주시게."

그렇게 약속하고 떠났다.

3년 뒤 선비가 서울에 가 관찰사를 찾았다. 관찰사는 마침 이조판서로 있었는데, 선비에게 벼슬을 주고자 했다. 하지만 선비는 그것을 수치스럽게 여겨 세상으로부터 달아나 다시는 나타나지 않았다.

그 뒤 관찰사가 예전에 갔던 '회룡굴'이란 곳에 다시 가 보았지만 그곳은 이미 폐허가 되어 있었고, 선비가 어디로 갔는지도 알 길이 없었다.

선비의 성은 설씨薛氏인데, 그 이름은 알 수 없다. 관찰사 역시 성과 이름을 알 수 없는데, 다만 인조仁祖 때의 높은 관리라고 한다. 이 일을 내게 말해 준 사람은 수원에 사는 최성윤崔聖胤이라는 선비다.

나는 이렇게 평한다.

"선비는 세상이 태평하면 벼슬에 나아가 뜻을 펴고, 세상이 어지러우면 은둔하여 내 한 몸을 조촐히 한다. 이는 군자가 상황에 따라 나아가기도 하고 물러나기도 하는 도道이다. 설생薛生은 혼란

한 시절에 정치가 어지러우므로 은둔했지만, 어진 새 임금이 다시 나라를 일으키고 어진 뭇 선비들이 함께 일어서던 때에 관冠을 털고 기운을 내어 조정에서 벼슬을 했어도 괜찮았을 것이다. 그러나 자신의 빛과 그림자를 감추고 자신의 모든 흔적을 세상에서 없애고자 했으니, 참으로 기이한 사람이다.

생각건대, 설생은 본래 이 세상이 자기에게 맞지 않아 은둔을 고상하게 여겼던 사람일까? 그렇지 않으면 애당초 속세를 떠나려던 것이 아니라 다만 어지러운 세상을 피하고자 했을 따름이지만, 어쩌다가 욕망을 없애는 오묘한 이치를 깨달아 끝내 어떤 것과도 바꿀 수 없는 즐거움을 얻은 사람일까?

옛날 주周나라가 쇠퇴하자 노자老子가 나라를 떠났는데, 그의 학문 역시 자신을 드러내지 않음과 비움, 자신을 숨김과 명성을 추구하지 않음을 높은 경지로 쳤다. 지금 설생의 행적도 그와 같으니 혹 노자의 가르침을 배운 것이 아닐까? 비록 그렇긴 하지만, 평생토록 이익과 명성을 얻으려고 급급하며, 더러운 곳에 있으면서도 부끄러운 줄 모르고, 죽임을 당하기에 이르러서도 그런 짓을 그칠 줄 모르는 자들과 비교한다면 설생은 대단히 현명한 사람이라 할 것이다."

왕수재

왕수재[1]란 사람은 고려 태조 왕건王建의 아버지이다. 태어난 지 석 달이 채 못 되었을 때 돌림병으로 부모를 모두 잃고 밤낮으로 응애응애 울어 대니 그 모습이 참혹하기 그지없었다. 이웃에 사는 한 부인이 때마침 아들을 낳아 젖이 풍족했는데, 밤에 옆집 아기가 울부짖는 소리를 듣고는 몹시 가련한 생각이 들어 마침내 젖먹이를 거두어 기르며 자신이 낳은 아이와 다름없이 대했다.

아이가 차츰 자라 여덟아홉 살이 되었다. 하루는 양어머니에게 이렇게 물었다.

"사람들이 모두 저보고 '넌 이 집 자식이 아니고 왕씨 자식이야'라고 해요. 무슨 연유가 있나요?"

양어머니가 전후 사정을 자세히 알려 주었다. 아이는 다 듣고 목 놓아 통곡하며 이렇게 말했다.

꒜ꂅ꒜ꂅ

1. **왕수재王秀才** 왕씨 성을 가진 수재秀才. '수재'는 미혼 남자를 높여 부르는 말.

"부모님이 다 돌아가셨다니요! 제가 핏덩이로 태어난 지 석 달 만에 부모님을 잃었을 때 만일 어머니께서 저를 거두어 길러 주지 않으셨더라면 실낱같은 목숨을 어찌 부지할 수 있었겠어요? 은혜에 보답하고 싶지만 이처럼 큰 은혜를 어찌 갚겠어요."

이로부터 양어머니를 친부모 섬기듯이 정성껏 모셨다.

아이가 스무 살이 되자 체구가 장대하고 풍채가 좋아 자못 귀인貴人의 기상이 있었으며, 도량이 넓고 힘도 뛰어났다. 집안일은 돌보지 않고 호랑이며 노루를 잡으러 다니기를 일삼았으며, 종종 활쏘기를 익히더니 100보 떨어진 곳의 버들잎을 정확히 맞히는 기묘한 실력을 갖게 됐다. 나이 스물에 아직 혼인하지 않았으므로 사람들은 모두 청년을 '왕수재'라고 불렀고, 청년을 영웅으로 인정하지 않는 이가 없었다.

이때는 후삼국시대였다. 마침 마한[2]에서는 중국 남경南京에 외교사절단을 보내면서 함께 갈 인재를 선발하고 있었다. 사절단의 총책임자인 상사[3]는 문무를 겸비한 사람 수십 명을 엄선해 데려가고자 했지만, 마음에 드는 사람이 없어 정해진 숫자를 채우지 못했다. 그는 인재가 드문 것을 개탄하면서도 널리 인재 구하기를 그치지 않았다. 왕수재가 그 소식을 듣고는 상사의 집으로 가

---

2. 마한馬韓 후백제.
3. 상사上使 중국에 보내는 외교사절단의 총책임자.

명함을 바치고 뵙기를 청하자 상사가 즉시 불러들였다. 왕수재는 허리 굽혀 예를 표하고 성큼성큼 걸어 들어가더니 마루 위에 올라 큰절을 했다. 상사는 수재가 갓을 쓰지 않은 것을 보고는 나이 어린 소년이라 여기고 깔보며 이렇게 물었다.

"너는 무슨 일로 나를 만나러 왔느냐?"

"중국에 외교사절단을 파견하면서 인재를 뽑아 함께 데려가려 하는데, 아직 인원을 다 채우지 못했다고 들었습니다. 제가 비록 재능은 없지만 모수가 자신을 천거한 일[4]을 본받아 감히 인사드리게 되었습니다."

"옛날에 모수는 초나라 궁전에서 단상 위로 뛰어올라 초나라 왕을 칼로 위협하여 동맹의 의식을 치르게 한 능력이 있었다.[5] 하지만 지금 너는 깃털만큼도 이룬 게 없으면서 무슨 재능이 있다고 감히 네 자신을 천거하느냐?"

수재가 대답했다.

"평원군의 문하에 있던 열아홉 사람이 모수를 비웃을 때,[6] 모수

❀❀❀❀

4. 모수가 자신을 천거한 일 '모수'毛遂는 전국시대 조나라 평원군平原君 문하에 있던 식객食客이다. 진秦나라가 조나라를 침략하자 평원군은 초나라에 도움을 청하러 떠나면서 자신이 거느리고 있던 식객 중 문무를 겸비한 자 20명과 동행하기로 했다. 19명을 뽑고 한 사람이 남았는데, 이때 평원군의 문하에서 별로 주목받지 못하고 있던 모수가 스스로 나서서 자기 자신을 천거한 일이 있다.

5. 옛날에 모수는~능력이 있었다 초나라 왕이 평원군의 동맹 요청을 받아들이지 않자 모수는 단상으로 올라가 칼로 초나라 왕을 위협해 희생犧牲의 피를 마시는 동맹 의식을 거행하고 동맹이 성립되었음을 맹세하게 한 일이 있다. 모수는 이 일로 평원군의 상객上客이 되었다.

에게 칼을 들고 강제로 동맹 의식을 치르게 할 힘이 있을 줄 누가 알았겠습니까? 종군[7]은 스무 살이 못 된 나이에 황제 앞에서 남월南越 왕의 목을 끈으로 묶어 오겠다고 장담했습니다. 사람의 재능이야 옛날이나 지금이나 다를 게 뭐 있겠습니까? 제가 미천하다고 해서 푸대접하지 마시고, 아직 나이가 어리다고 해서 얕잡아 보지 마십시오."

상사는 그 말을 듣고 매우 기특하게 여겨 또 이렇게 물었다.

"너는 글을 아느냐?"

"예부터 글을 모르는 영웅은 없었습니다. 저 또한 영웅인데, 어찌 글을 모를 리가 있겠습니까?"

"그렇다면 어디 한번 들어 보자."

"'큰 대大' 위에 '한 일一'을 올리면 '하늘 천天'이 되고, '흙 토土' 옆에 '이끼 야也'를 더하면 '땅 지地'가 됩니다. 해[日]와 달[月]이 나란히 가면 '밝을 명明'이 되고 아들[子]과 여자[女]가 나란히 서면 '좋아할 호好'가 됩니다. 토끼[卯]와 나무[木]를 합하면 '버들 류柳'가 되고, 강江과 새[鳥]를 합하면 '기러기 홍鴻'이 됩니다. 여자[女]

---

6. **열아홉 사람이~비웃을 때** 모수가 자신을 추천했을 때 먼저 발탁된 열아홉 명의 식객들은 모두 모수를 비웃었다.

7. **종군終軍** 한나라 무제武帝 때의 인물. 20세 무렵 남월南越에 사신으로 가서 왕을 설득하여 남월을 한나라에 복속시켰다. 종군은 남월로 떠나기에 앞서 황제가 자신에게 긴 끈을 하사하면 그것으로 남월 왕의 목을 매어 데려오겠다고 장담한 바 있다.

162

가 갓[冠]을 쓰면 '편안할 안安'이 되고, 사람[人]이 산山에 의지하면 '신선 선仙'이 됩니다. 이게 바로 제가 아는 글자들입니다."

상사는 수재의 말을 듣고 더욱 기특한 마음이 들어 또 이렇게 물었다.

"활 쏘는 법을 아느냐?"

"그거야말로 제 장기입니다. 백발백중이요 천발천중이라, 양유기가 버들잎을 맞힌 일8도 별것 아니고, 여포가 멀리서 삼지창 끝을 쏘아 맞힌 것9도 뭐 그리 대단한 일이 못 된다고 봅니다. 이게 바로 저의 활 쏘는 법입니다."

상사가 또 물었다.

"검술은 아느냐?"

"물론입니다. 가10 땅에서 노나라와 제나라가 회담을 할 때 조말11이 보여 준 검술은 능하다 할 것이요, 진시황의 궁궐에서 보여 준 형가12의 검술은 거칠다고 할 것입니다. 생선 요리 속에 칼

8. **양유기가 버들잎을 맞힌 일** 양유기養由基는 전국시대의 유명한 궁사弓士로, 100보 밖에서도 맞히기로 한 버들잎을 정확히 꿰뚫었다고 한다.
9. **여포가 멀리서~맞힌 것** 후한의 여포呂布가 영문營門에 세워 놓은 삼지창의 한 갈래 끝을 활을 쏘아 맞힘으로써 곤경에 처한 유비劉備를 구했던 일을 말한다.
10. **가柯** 지금의 중국 하남성 내황현 지역.
11. **조말曹沫** 노나라의 장군. 노나라 장공莊公과 제나라 환공桓公이 회담할 때 비수를 들고 단상에 올라가 환공을 위협해서 당시 노나라가 제나라에 빼앗겼던 땅을 되찾게 했다.
12. **형가荊軻** 전국시대의 자객. 연燕나라 태자 단丹의 부탁을 받고 진시황을 비수로 살해하고자 했으나 실패해 목숨을 잃었다.

을 숨겼던 전저[13]의 검술은 묘하다 할 것이요, 재상의 집 안에서 섭정[14]이 보여 준 검술은 진실하다 할 것입니다. 홍문鴻門의 잔치에서 항장[15]이 보여 준 검술은 졸렬하다 할 것이요, 다섯 관문을 거침없이 돌파하며 보여 준 관우關羽의 검술은 호쾌하다 할 것입니다. 이게 바로 제가 아는 검술입니다."

상사가 또 물었다.

"병법을 아느냐?"

"물론입니다. 손빈이 아궁이 수를 줄여 나간 것[16]은 상대에게 자신을 약하게 보이기 위한 전술이요, 우후가 아궁이 수를 늘려 나간 것[17]은 상대에게 자신을 강하게 보이기 위한 전술입니다. 한신韓信은 백 번 싸워 백 번 이겼기에 선인仙人이라 불렸고, 제갈공명은 일곱 번 놓아주었다가 일곱 번 사로잡았기에[18] 신처럼 여겨

🌀🌀🌀🌀

13. **전저專諸** 춘추시대의 자객. 합려闔閭의 요청을 받고, 요리한 생선 속에 비수를 숨겨 들어가 오吳나라 왕을 살해했다.

14. **섭정聶政** 전국시대의 자객. 엄중자嚴仲子의 부탁을 받고 그 원수인 한韓나라 재상 협루俠累를 살해한 뒤 엄중자를 보호하기 위해 스스로 자신의 얼굴 가죽을 벗기고 목숨을 끊었다.

15. **항장項莊** 초나라의 장수. 항우가 유방劉邦을 홍문鴻門으로 불러 잔치를 벌일 때 검무劍舞를 추다가 유방을 살해하고자 했으나 기회를 놓치고 말았다.

16. **손빈이 아궁이~나간 것** '손빈'孫臏은 손무孫武의 후손으로, 전국시대 제나라의 병법가이다. 위나라의 장군 방연龐涓이 한韓나라를 공격하자 제나라의 장군 전기田忌와 손빈은 군대를 이끌고 한나라를 구원했다. 당시 손빈은 군대가 밥을 지어 먹은 자취를 일부러 매일 줄여 나가 병졸들이 도망하고 있는 것처럼 보이게 했다. 위나라 군대는 이에 속아 급히 제나라 군대를 뒤쫓다가 그 매복한 군사에게 대패했다.

17. **우후가 아궁이~나간 것** 후한의 장군 우후虞詡는 손빈의 전술을 역이용하여 군대의 밥 지어 먹은 자취를 일부러 많게 함으로써 군사의 수가 많은 것처럼 보이게 하여 적을 물리쳤다.

졌습니다. 주유[19]가 적벽대전에서 대승을 거둔 것은 적은 수의 군사로 대군을 상대할 줄 알았기 때문이며, 범증范增이 남쪽을 공격하고 북쪽을 방비한 것은 적의 능력을 헤아릴 줄 알았기 때문입니다. 단도제[20]가 모래알을 세면서 큰 소리로 숫자를 부른 것은 적을 기만하는 전술이요, 마원[21]이 쌀을 산처럼 가득 쌓은 것은 군사들의 이동로를 설명하기 위해서입니다. 이것이 바로 제가 아는 병법입니다."

상사가 또 물었다.

"너는 천문을 아느냐?"

"물론입니다. 상서로운 별이 나타나면 나라가 다스려지고, 혜성이 나타나면 전쟁이 일어납니다. 동풍이 산들 불면 비가 오고, 서풍이 소슬하게 불면 서리가 내립니다. 월식이 있으면 신하에게 변고가 있고, 일식이 있으면 임금에게 근심스런 일이 생깁니다. 이게 바로 제가 아는 천문입니다."

또 물었다.

---

18. **일곱 번~번 사로잡았기에** 제갈공명이 남방 정벌에 나서 남월의 왕 맹획孟獲을 일곱 번 잡았다가 일곱 번 놓아주어 완전히 복종시켰다는 이야기를 말한다.
19. **주유周瑜** 삼국시대 오나라의 장군. 조조曹操와의 적벽대전에서 화공책火攻策을 써 대승을 거두었다.
20. **단도제檀道濟** 남북조 때 송나라의 장군. 북위北魏의 군대와 싸우다가 양식이 떨어지자 밤에 모래알을 세면서 큰 소리로 숫자를 불러 짐짓 곡식이 많은 것처럼 보임으로써 위기에서 벗어났다.
21. **마원馬援** 후한의 장수. 임금 앞에 쌀을 가득 쌓아 산처럼 만들어 놓고는 군사들의 이동로를 설명하면서 병법을 자세히 말했다는 고사가 있다.

"너는 언변言辯이 있느냐?"

"없지는 않지만, 언변이란 것이 항상 일을 성공하게도 실패하게도 하는 것이므로 감히 언변이 있다고 자처하지는 못하겠습니다."

"언변이 일을 성공하게도 실패하게도 한다는 말이 무슨 뜻인지 자세히 말해 줄 수 있겠느냐?"

"옛날 자공[22]이 한 번 길을 나서매 노나라를 보존케 하고 제나라를 어지럽혔으며 월越나라를 깨뜨리고 오나라를 평안케 했으니, 이는 언변으로 일을 성공시킨 경우입니다. 반면에 역이기[23]는 언변 좋기로 유명한 인물이었지만 결국 제나라 왕에게 삶겨 죽고 말았으니, 이는 언변으로 일이 실패한 경우입니다. 장의[24]가 한 번 일어서자 전국시대의 여섯 나라가 모두 복종하여 중국이 하나의 조정을 이루게 되었으니, 이는 유세객遊說客으로서 성공한 경우입니다. 소진[25] 역시 뛰어난 유세객이었지만 암살당하는 재앙을

22. 자공子貢 공자의 10대 제자 중 한 사람. 공자의 여러 제자 중 머리가 제일 좋았으며, 언변이 뛰어났다.
23. 역이기酈食其 항우의 초나라와 유방의 한나라가 싸우던 시기에 활동한 유세객. 제나라 왕은 역이기가 자신을 속였다고 하여 역이기를 삶아 죽였다.
24. 장의張儀 전국시대 말기의 유세객. 연횡책連衡策을 주장하여 진시황이 천하를 통일하는 기초를 놓고, 훗날 진나라의 대신이 되었다.
25. 소진蘇秦 전국시대 말기의 유세객. 진秦에 대항하여 연燕·조趙·한韓·위魏·제齊·초楚의 6국이 연합해야 한다는 합종책合縱策을 주장했다. 훗날 장의에 의해 합종책이 깨진 뒤 제나라를 섬겼으나 암살당했다.

면치 못했으니. 이는 유세객으로서 실패한 경우입니다. 이게 바로 제가 언변이 있다고 자처하지 못하는 까닭입니다."

상사는 왕수재의 물 흐르듯 거침없는 말을 들은 뒤 수재에게 영웅의 자질이 있음을 알고는 중국에 데려가기로 마음을 정하고 이렇게 말했다.

"자네를 데려가고 싶은데, 소년의 행색으로 갈 수는 없으니 어른의 복장을 갖추는 게 좋겠네."

수재가 말했다.

"누경[26]은 '비단옷을 입었으면 비단옷을 입은 채로 뵙고, 베옷을 입었으면 베옷을 입은 채로 뵙겠습니다'[27]라고 말했습니다. 지금 제가 소년이면 소년인 채로 가는 것이지, 굳이 어른의 복장으로 가야 할 필요가 있겠습니까? 또 아직 혼인하지 않았는데 갓을 쓰는 건 선왕先王의 도에도 어긋나는 일이니, 분부를 따를 수 없음을 감히 말씀드립니다."

상사는 대답할 말이 없어 왕수재를 소년의 행색인 채로 데려가기로 했다.

───

26. **누경婁敬** 한나라 고조高祖 때의 인물로, 흉노와의 화친을 주선했다.
27. **비단옷을 입었으면~채로 뵙겠습니다** 누경이 한나라 고조를 뵈려 하자 고조의 휘하 장수가 누경에게 깨끗한 옷을 내주며 갈아입고 고조를 뵈라고 했다. 그러자 누경은 "제가 비단옷을 입었으면 비단옷을 입은 채로 뵙고 베옷을 입었으면 베옷을 입은 채로 뵙지, 옷을 갈아입지는 않겠습니다"라고 말했다.

드디어 행장을 차려 배를 타고 바닷길을 따라 중국을 향해 출발했다. 며칠간 하늘에 심한 바람이 불지 않고 바다에 풍랑도 일지 않아 넘실거리는 바닷물 소리만 들릴 뿐이었다. 그러던 어느 날 갑자기 배가 쏜살같이 나아갔다. 배에 탄 사람들은 모두 하늘을 향해 기도하며 무사하기만을 기원했다. 며칠 뒤 바람이 잦아들고 풍랑이 그치더니 이번에는 배가 제자리를 맴돌며 앞으로 나아가지 못했다. 몇 사람의 사공이 힘을 다해 배를 움직여 보려 했지만 아무리 해도 움직이지 않았다. 그러기를 사흘째가 되었건만 어찌할 방법이 없었다. 상사가 일행에게 말했다.

"하늘엔 바람 한 점 없고 바다엔 작은 파도 하나 없는데 이런 뜻밖의 변고를 당해 사흘 동안이나 앞으로 나아가지 못하니, 이 일을 어쩌면 좋단 말인가?"

배 안에 있던 한 사람이 말했다.

"이는 필시 해신海神이 우리를 가로막고 장난하는 것입니다. 정성을 다해 기도를 올리면 당장 길을 갈 수 있을 것입니다."

상사는 그 말을 옳게 여겼다. 이에 목욕재계하고 제문祭文을 지어 고한 뒤 제물을 갖추어 제사를 지내 보았지만 별다른 변화가 없었다. 다시 두 번 세 번 제사를 지내 보았지만 역시 배는 움직이지 않았다. 사정이 이러하니 일행 중에 두려움에 떨지 않는 사람이 없었다. 상사가 물었다.

"정성을 다해 기도했거늘 이처럼 효력이 없으니, 이 일을 어쩌면 좋단 말인가?"

일행 모두가 입을 다물고 한마디도 하지 못했다. 이때 왕수재가 말했다.

"이는 분명 일행 중에 부정한 자가 있어 함께 갈 수 없으므로 해신이 우리를 가로막고 장난하는 것입니다. 부정한 이를 찾아낸 다음 버려두고 데려가지 않는다면 우리를 가로막고 희롱하는 일이 바로 없어질 것입니다."

상사가 말했다.

"그 사람을 어떻게 알아내서 버리고 간단 말이냐?"

수재가 말했다.

"알아낼 방법이 있습니다. 모든 사람이 각자 자기 윗옷의 옷깃을 잡고 해신에게 이렇게 고하면 됩니다.

'영험하신 신의 밝은 계시를 알고자 저희 옷깃에 이름을 써서 바다에 던지려 합니다. 가도 되는 사람의 옷은 물속에 가라앉혀 보이지 않게 하시고, 갈 수 없는 사람의 옷은 물 위에 띄워 가라앉지 않게 해 주십시오. 영험하신 뜻을 보여 주시면 마땅히 가르침대로 거행할 것입니다.'

이렇게 해 보시는 게 좋겠습니다."

상사가 말했다.

"그 말에 묘리妙理가 있구나."

이에 모든 사람이 수재의 말대로 윗옷을 벗어 손수 그 옷깃을 잡고 기도한 뒤 옷을 물에 던졌다. 모든 옷이 곧바로 가라앉아 그림자도 보이지 않았지만, 유독 수재의 옷 하나만이 물 위에 떠 가라앉지 않았다. 부사副使 이하 모두가 의아하게 여겨 수재의 옷을 향해 돌을 던졌다. 돌이 수재의 옷 위에 있었건만 옷은 끝내 가라앉지 않았다. 일행 모두는 고개를 돌려 왕수재를 계속 쳐다보았다. 상사가 수재에게 말했다.

"네 말대로 옷을 던져 보았는데, 유독 네 옷만이 물 위에 떠서 끝내 가라앉질 않는구나. 이 일을 어쩌면 좋겠느냐?"

수재가 대답했다.

"이는 신이 초래한 일입니다. 제 운명이 그렇다는데, 더 무슨 말을 하겠습니까? 제가 이번 사행使行에 따라오기를 자청했던 건 중국 수도의 장려한 모습을 보고 대장부의 울울한 심사를 풀고 싶어서였습니다. 하지만 지금 해신이 이처럼 길을 막고 장난을 하니 제가 어찌 감히 억지로 떠날 수 있겠습니까? 이제 저는 바다에 빠져 죽겠지만, 사신 일행은 만 리 길을 무사히 다녀오셔서 임금의 명을 욕되이 하지 않으시기만을 바랄 뿐입니다."

그렇게 말하더니 몸을 날려 바다로 뛰어들려 했다. 일행이 한숨을 쉬고 애석히 여기며 수재의 몸을 붙잡고 술과 고기를 권했다. 사람들은 모두 측은한 마음에 눈물을 흘렸다. 상사 역시 눈물을 뿌리며 이렇게 말했다.

"지금 우리 일행은 모두 자네를 죽게 하느니 차라리 함께 고기

밤이 되고 싶은 심정일세. 자네 혼자 바다로 뛰어들게 할 순 없어."

수재가 말했다.

"그렇지 않습니다. 저 하나 때문에 이 넓은 바다에서 임금의 명을 저버리고 훗날 나라에 근심을 끼치는 건 충신의 도리가 아닙니다. 또 저 하나 때문에 수십 명의 관원을 고기밥이 되게 하는 건 어진 사람의 마음이 아닙니다. 저는 팔자가 기박해서 위로는 부모님이 안 계시고 아래로는 처자식이 없으니, 죽어도 애석할 게 없습니다. 더 이상 다른 말씀은 하지 말아 주십시오. 해신이 또 노여워할지 모릅니다."

일행 중의 한 사람이 말했다.

"왕수재와 함께 험한 파도를 헤치고 구사일생으로 여기까지 오는 동안 한 핏줄처럼 정이 들어 형제나 다름없는 사이가 되었습니다. 지금 불행한 일을 피할 수 없는 상황을 맞았지만, 왕수재가 바다로 뛰어드는 모습은 차마 볼 수가 없습니다. 제 어리석은 생각에는 저기 멀지 않은 곳에 섬이 하나 보이니, 배를 섬 쪽으로 움직여 그 섬에 왕수재를 내려 주고 간다면 참혹한 마음이 바다로 뛰어드는 것보다는 조금이라도 나을 것 같습니다."

모두들 말했다.

"말은 좋지만, 배가 앞으로 나아가지 못하니 어찌하겠습니까?"

상사가 말했다.

"섬에 내려 주자는 말이 내 생각과 꼭 들어맞는다. 일단 섬을 향해 배를 출발시켜 보자!"

이에 사공들이 노를 저어 배를 출발시키자 배는 쏜살같이 달려 눈 깜짝할 사이에 섬에 이르렀다. 왕수재는 일행에게 작별 인사를 하고는 배에서 내려 땅을 밟았다. 일행이 눈물을 흘리며 이별하고 돛을 펼치니, 문득 천지가 시원하게 드러나며 향기로운 바람이 배를 떠밀어 쏜살같이 나아가게 했다. 뒤돌아볼 때마다 섬이 차츰 멀어져 가자 일행 모두가 눈물을 흘렸다.

이때 섬에 오른 왕수재는 죽는 것 외에는 다른 방법이 없어 망연자실한 마음으로 배가 차츰 멀어지는 모습을 서글피 바라보고 있었다. 비록 영웅의 바위처럼 굳은 마음, 무쇠처럼 단단한 담력이라 한들 어찌 부서지고 녹아내리지 않을 수 있겠는가. 한숨을 쉬며 방황하고 있는데, 문득 언덕 위로 대숲이 보였다. 대숲에는 길이 난 흔적이 보이는 듯했다. 수재는 매우 의아한 마음이 들어 이렇게 생각했다.

'이런 바다 속 외딴 섬에 무슨 길이 있는 거지?'

1리도 채 못 가서 보니 대숲이 빽빽하게 우거져 있었고, 온갖 희귀한 꽃이며 기이한 풀이 가득한 곳에 작은 초가집 한 채가 있었는데 매우 정갈하고 아름다웠다. 왕수재는 괴상한 일이라 여기며 천천히 걸어 앞으로 나아갔다. 홀연 문 안에서 처녀 한 사람이 뜰을 거닐고 있는 모습이 보였다. 수재가 주의 깊게 살펴보니 처

172

녀는 나이가 열여섯 정도 되었는데, 얼굴은 복사꽃 같고 눈은 샛별 같았다. 아리따운 자태와 정숙한 모습이 꼭 천상의 선녀였고 인간 세계의 여인은 아닌 듯싶었다. 처녀는 수재가 자신을 엿보는 줄 알고는 몸을 휙 돌려 안으로 들어갔다.

수재는 계속 걸어 들어가 외당外堂에 이르렀는데, 나와 보는 아이 하나 없이 조용했다. 수재가 돌계단 위에 걸터앉자 이윽고 노인 한 사람이 안에서 나왔다. 기상이 당당해 보이는 것이 범상한 노인 같지 않았다. 노인은 왕수재를 보더니 만면에 희색을 띠고 이렇게 말했다.

"수재께서 오실 줄 알고 있었소이다."

수재가 두 번 절하고 물었다.

"선생께선 제가 올지 어떻게 아셨습니까?"

"수재를 남경南京에 못 가게 한 게 바로 난데, 수재가 여기 오는 걸 왜 모르겠소?"

수재는 이 말을 듣고 의심이 들었지만 미처 물어보지 못했다. 노인은 수재를 내당內堂으로 맞아들였다. 자리를 정해 앉은 뒤 노인이 말했다.

"멀리서 풍랑을 헤치고 오셨으니 시장하실 듯하오."

노인은 선반 위에서 사기 밥그릇을 내려 수재 앞에 놓고 뚜껑을 열었다. 그릇 속에는 흰 쌀밥이 가득했다. 노인이 숟가락으로 밥을 반쯤 갈라 주며 말했다.

"반만 먹고 반은 남겨 두시오. 무슨 일에든 대비를 해 둬야 하니까."

수재는 노인의 말대로 밥을 반만 먹었는데, 밥이 매우 보들보들하고 달았으며 맑은 향기가 났다. 밥을 먹고 나자 노인은 밥그릇을 선반 위에 올려 두었다.

저녁밥 먹을 시간이 되자 노인은 다시 그 밥그릇을 내려 수재의 앞에 두고는 또 밥을 먹으라고 했다. 수재가 뚜껑을 열어 보니 낮에 먹던 밥그릇에 밥이 도로 그릇 높이까지 차 있었다. 수재는 속으로 몹시 기뻐하며 전과 같이 밥을 먹었다.

이윽고 날이 어두워지자 노인은 불을 붙여 등을 켜고 앉더니 한숨을 내쉬며 이렇게 말했다.

"수재는 잠깐 이 늙은이의 말을 좀 들어 보오. 나는 본래 속세 사람이 아니라 서해 용왕의 아들이라오. 이 섬에 산 지도 벌써 천 년이 넘었소. 구름을 타고 하늘에 오를 날이 이제 겨우 몇 년 남았는데, 불행히도 이 섬에 사는 3천 년 묵은 구미호가 내 집을 빼앗으려 하고 있소. 닷새 동안 일전을 벌였지만, 늙은 내가 구미호에게 대항하는 게 너무 힘들어 수재의 귀신같은 활 솜씨를 좀 빌렸으면 하오. 나를 도와 달라고 수재를 이런 궁벽한 땅에 모셔 오게 했으니, 참으로 미안하고 죄송스럽기 그지없소이다."

수재가 물러나 앉더니 이렇게 말했다.

"저는 속세의 천한 사람이고 선생께선 용궁의 귀한 아드님이신데, 어찌 감히 한자리에 나란히 앉을 수 있겠습니까? 게다가 저는 원래 아무 재주가 없는 사람이니 어찌 감히 선생의 청을 감당할 수 있겠습니까?"

노인이 말했다.

"수재가 신궁神弓이라는 건 오래전부터 알고 있거늘, 겸손이 지나치시군요. 모레가 구미호와 싸우기로 한 날이오. 수재께서는 한 번 수고로움을 아끼지 말고 이 늙은이를 위험한 처지에서 구해 주시기 바라오."

"선생의 말씀이 이러하니 제가 어찌 감히 온 힘을 다하지 않을 수 있겠습니까? 하지만 지금 활도 없고 화살도 없으니 어쩌면 좋겠습니까?"

"튼튼한 활과 독화살을 준비해 놓은 지 이미 오래니, 그 일은 염려 마시오."

밤이 깊어 피곤해지자 각자 잠자리에 들었다. 수재는 잠에 곯아떨어져 날이 새는지도 몰랐다.

오후가 되자 종소리, 북소리, 피리 소리가 멀리서부터 점점 가까이 들려왔다. 소리가 청아한 것이 인간 세계의 음악과는 달랐다. 수재가 노인에게 물었다.

"하늘에서 울려 퍼지는 저 음악 소리는 뭡니까?"

노인은 이마를 찌푸리며 대답했다.

"요사스런 구미호의 짓이라오."

"일개 요물일 뿐인 여우가 어떻게 이런 신선의 음악 소리를 낼
수 있습니까?"

"저 구미호는 변화무쌍한 놈이오. 귀신이 되었다가는 인간이
되고, 바람을 부르고 비를 내리게 하며, 앞에 있는가 싶으면 어느
새 뒤에 가 있으니, 실로 천하의 요물이라 할 수 있소. 지금 이리
로 오는 게 분명하니 수재도 곧 보게 될 거요."

조금 있으니 "물렀거라!" 하는 소리가 점점 가까이 들려왔다.
수재가 몸을 숨기고 바라보니 부인 한 사람이 임금이 타는 가마
위에 앉아 있었다. 휘장을 활짝 열어젖히고 있어 그 얼굴을 볼 수
있었는데, 꽃처럼 아름다운 얼굴과 달처럼 고운 자태에서 온갖
교태가 피어나 보는 사람의 눈을 황홀하게 하고 마음을 격동시켰
다. 위엄 있는 의장儀仗이며 온갖 물건과 의식이 임금이 출입할 때
와 똑같았다. 어여쁘게 단장한 시비侍婢들이 앞뒤를 에워쌌고 기
치와 창검이 좌우로 빽빽이 늘어서 있었는데, 피리 불고 북 치는
이들 모두가 곱게 분을 바른 미녀들이었다. 수재가 노인에게 말
했다.

"저게 모두 요망한 여우들입니까?"

"그렇소."

"그렇다면 빨리 활과 화살을 갖다 주세요! 가마 위의 부인을
쏴 죽여야겠으니."

"안 돼요, 안 돼! 지금 활을 쏬다가는 한 번에 백 발의 화살을

176

쏜다 한들 한 손으로 막아 낼 테니, 소용없는 일이오."

"그렇다면 내일 싸움에서 저와 같은 사람 열 명이 있다 한들 화살을 모조리 다 막아 낼 텐데 어쩔 작정이십니까?"

"내일 나하고 한창 싸울 때에는 저 요물도 다른 생각을 할 겨를이 없을 테니, 화살이나 돌이 날아드는 걸 알아차리지 못할 거요. 그 틈을 타서 명치를 쏜다면 성공할 수 있소이다. 내일까지 기다리십시다."

이튿날 과연 요망한 여우가 많은 군졸을 거느리고 와서 싸움을 걸었다. 노인은 수재에게 거듭 부탁을 하고는 싸움을 하러 바다로 나섰는데, 바다 위를 마치 평지 밟듯이 다녔다. 수재는 화살을 메기고 시위를 잔뜩 당겨 부인을 쏘려 했지만, 부인의 얼굴이 너무도 아름다운 것을 보고는 차마 활을 쏠 수가 없었다. 수재는 속으로 이렇게 생각했다.

'저건 사람이다. 여우가 둔갑을 한다고 어찌 저리 될 수 있겠나? 사람이 사람을 쏴 죽여서야 되겠는가?'

결국 활을 쏘지 못한 채 시위를 당기고 있던 손을 풀었다. 곧이어 노인과 부인은 한바탕 큰 싸움을 끝낸 뒤 각자 자기 진영으로 돌아갔다. 노인은 수재를 보고 몹시 화를 내며 이렇게 말했다.

"내 말을 듣지 않고 끝내 활을 쏘지 않다니, 수재는 대체 무슨 마음으로 그런 거요?"

수재가 말했다.

"그 얼굴을 보니 이는 사람이지 결코 여우가 아니었습니다. 그래서 차마 죽일 수가 없었습니다."

노인이 말했다.

"수재가 만일 이 늙은이의 말을 들어주지 않는다면 모셔 온 뜻이 없지 않겠소. 내 말을 들어주지 않으면 살아 돌아가지 못할 거요. 내게는 늦게 본 딸이 하나 있는데, 지금 나이가 열여섯이지만 아직 배필을 정하지 못했소. 수재가 내 말대로 요망한 여우를 활로 쏴 죽여 준다면 내 딸을 아내로 삼게 해 주겠소."

수재는 이곳에 올 때 보았던 처녀를 가슴속 깊이 흠모하여 잊지 못하고 있었기에 이 말을 듣고 내심 기뻐하지 않을 수 없었다. 그러나 노인의 말에 의심되는 바가 있으므로 무릎을 꿇고 이렇게 말했다.

"저는 속세의 천한 사람이고 따님은 용궁의 귀인이신데, 어찌 감히 부부의 연을 맺을 수 있겠습니까? 또 물속 세계와 땅 위 세계가 다르고 사람과 용은 서로 다른 세계에 사는 존재이니, 비록 선생의 허락이 있다 한들 제 생각엔 인연을 이룰 수 없을 것 같습니다."

노인이 말했다.

"수재는 그런 걱정 말고 우선 내 골칫거리부터 없애 주시오. 베풀어 준 은혜에 대해서는 반드시 보답하겠소."

닷새 뒤에 요망한 여우가 또 와서 싸움을 걸었다. 노인은 튼튼

한 환과 독화살을 수재에게 내주며 다시 신신당부를 하고 싸움을 하러 바다 위로 나섰다. 이윽고 먹구름이 가득 끼고 광풍이 불며, 천둥소리가 울리고 번갯불이 번뜩였다. 천지가 암흑 속에 휩싸여 지척을 분간할 수 없는데, 용과 여우가 쟁패를 벌여 엎치락뒤치락하며 승부를 가리지 못하고 있었다. 수재는 정신을 하나로 모아 화살을 메기고 시위를 당긴 채 여우 부인의 얼굴이 드러나기를 기다렸다. 그때 까마귀가 울며 보름달이 떠올랐다. 갑자기 활시위 소리가 나더니 화살이 유성처럼 날아가 여우 부인의 얼굴에 정통으로 맞았다. 여우는 한바탕 소리를 지르며 고통스러워하다가 파도 위에 쓰러져 죽었다. 아홉 개의 꼬리를 가진 늙은 여우였다. 어여쁘게 단장하고 분을 바른 나머지 무리들은 모두 새끼 여우로 변했다. 그러자 구름이 사라지고 바람이 그치며 천지가 환해졌고 파도도 멈추었다. 노인이 덩실덩실 춤을 추며 돌아와 수재에게 감사 인사를 했다.

"수재의 신묘한 활 솜씨 덕분에 이 늙은이의 큰 골칫거리가 사라졌으니, 산처럼 높고 바다처럼 깊은 은혜에 보답할 길이 없소이다. 내가 백 살 노인이긴 하나 어찌 감히 식언을 할 수 있겠소?"

그러고는 수재의 손을 잡고 안방으로 들어가 딸에게 말했다.

"이 수재는 내게 큰 은혜를 베풀어 준 분이시다. 너와 평생의 짝으로 백년가약을 맺고 부부간의 즐거움을 누렸으면 한다."

노인은 그렇게 말하고는 문을 열고 나갔다. 노인의 딸은 요조

숙녀로서 수궁水宮에만 살던 미녀였는데, 푸른 물에 한 쌍의 원앙새가 장난하고 양대[28]에서 운우지정雲雨之情을 나누는 즐거움이 과연 어떠했을까?

며칠 뒤 노인이 왕생王生[29]에게 말했다.

"여기는 속세 사람이 오래 머물 수 있는 곳이 아니니, 자네는 이제 돌아가야겠네."

왕생이 말했다.

"저 역시 그러고 싶습니다만, 만 리 드넓은 바다에 작은 배 한 척 구하기 힘드니 어쩌면 좋겠습니까?"

노인이 말했다.

"걱정 말게!"

노인은 곧 검은 소 한 마리를 끌고 왔는데, 그 색이 칠흑처럼 검었다. 노인은 왕생을 소 등에 올라타게 하고 딸을 왕생의 앞에 앉힌 다음, 고운 무늬를 수놓은 비단으로 두 사람의 허리를 한데 꽁꽁 묶고는 두 사람이 꼭 껴안게 했다. 그러고는 왕생에게 이렇게 말했다.

"두 눈을 꼭 감고 절대 뜨지 말게. 바람 소리 물소리만 들릴 텐데, 그저 편안히 앉아서 움직이지 않고 있으면 저절로 바다 건너

　☙☙☙☙

28. 양대陽臺　중국 중경시重慶市 무산현巫山縣 고도산高都山에 있던 누대 이름. 초나라 회왕懷王이 양대에 왔다가 꿈속에서 무산巫山의 여신과 사랑을 나누었다는 고사가 있다.
29. 왕생王生　왕씨 선비. 왕수재가 이제 혼인한 몸이므로 호칭을 바꾼 것이다.

육지까지 가게 될 걸세. 육지에 닿은 뒤에도 소가 가는 대로 내버려 두면 어디엔가 가서 멈출 게야. 거기에 집을 짓고 살면 앞으로 좋은 일이 생길 걸세."

왕생은 아내와 함께 노인에게 작별 인사를 하고 노인이 말해 준 대로 소 등에 앉았다. 과연 바람 소리 물소리가 들렸는데, 마치 산이 무너지고 강둑이 터져 물이 쏟아져 내리는 듯해서 두렵기 그지없었다.

이윽고 소리가 멎었다. 왕생이 눈을 떠 보니 벌써 육지에 도착해 있었다. 소가 가는 대로 맡겨 두니 나는 듯이 산을 넘고 물을 건너는데, 도대체 어디로 가는지 알 수 없었다. 얼마 뒤 송악산[30] 아래에 이르자 소가 누워 움직이지 않았다. 왕생이 소에서 내리자 소는 다시 몸을 일으켜 움직이기 시작했는데, 겨우 수십 걸음쯤 가더니 홀연 보이지 않았다. 왕생은 참으로 괴이한 일이라 생각했다.

왕생은 나무를 모아다가 소가 누웠던 자리에 집을 지었다. 그 뒤로 왕생이 농사를 지으면 온갖 곡식이 남들의 곱절은 나왔고, 장사를 하면 그 이익이 또한 남들의 배 이상 나왔다. 무엇이든 마음만 먹으면 반드시 이루어졌으며, 어떤 일이든 하기만 하면 꼭 성공했다. 마침내 대단한 부자가 되어 집을 넓히고 많은 노비를

꽃꽃꽃꽃

30. 송악산松岳山 개성開城에 있는 산 이름.

부리게 되니, 사람들은 왕생의 집을 '왕생원王生員 댁'이라고들 불렀다.

그러던 어느 날, 칡베로 만든 두건에 베옷을 입은 도사 한 사람이 손에 육환장31을 들고 어깨에 바랑을 메고 와서는 왕생에게 절을 했다. 왕생이 물었다.

"뉘시오?"

도사가 대답했다.

"저는 산인32입니다. 산수를 좋아해서, 기러기가 남북으로 오가고 뜬구름이 동서로 흘러가는 것처럼 사방을 유유히 다니고 있지요. 그러다 이곳에 이르러 댁의 집터를 보니 참으로 천하의 명승지가 아닐 수 없습니다. 1년 안에 성인聖人이 태어나시어 이 나라의 주인이 되실 것이 틀림없습니다. 주인장께서는 소중히 잘 기르시기 바랍니다. 저는 3년 뒤에 다시 찾아뵙겠습니다."

왕생이 말했다.

"참으로 위험천만한 소리군요. 부디 그 말을 입 밖에 내지 말기 바라오. 그런데 그대의 성명을 알 수 있겠소?"

도사가 대답했다.

"제 이름은 도선33으로, 중국 사람 일행34의 제자입니다."

---

31. 육환장六環杖 중이 짚는, 고리가 여섯 개 달린 지팡이.
32. 산인山人 승려나 도사를 가리킨다.

도사가 절하고 물러갔다. 왕생은 도사의 말을 듣고 혼자 속으로 기뻐하며 큰 자부심을 가졌다.

이달부터 문득 아내에게 태기가 있더니 열 달 만에 아들을 낳았다. 콧대가 우뚝 솟고 용과 같은 제왕의 상相에 이마가 훤하고 눈은 샛별처럼 빛났으며, 상서로운 광채가 은은히 비치고 기상이 엄숙했다. 왕생은 속으로 매우 기뻐했다.

3년 뒤 과연 도사가 다시 찾아와 왕생에게 축하 인사를 올렸다.

"주인장께서 성인을 낳으신 것을 축하드립니다! 잘 기르시면, 흉악한 무리들을 모조리 평정하고 삼한三韓을 통일하여 도탄에 빠진 만백성을 구하고 후세에 큰 이름을 남길 분이 되실 것입니다."

거듭 축하 인사를 하고는 떠나갔다.

그 뒤 부인이 또 딸을 하나 낳았는데, 딸을 낳고부터는 모습이 초췌해지더니 얼굴에 핏기가 없고 갑자기 숨이 끊어질 듯 숨기운이 약해지며 말을 제대로 하지 못했다. 왕생이 물었다.

"무슨 병이기에 몸이 이리도 수척해지는 거요?"

부인이 대답했다.

"저는 원래 용의 자손이기 때문에 때때로 변신하여 기운을 펼

---

33. **도선道詵** 신라 말의 승려. 풍수지리설에 밝았고, 일찍이 고려 태조 왕건의 탄생과 그의 건국을 예언했다고 한다.
34. **일행一行** 당나라의 승려.

쳐야 하는데, 낭군을 따라온 뒤로는 그렇게 할 수가 없었어요. 그게 병이 돼서 죽을 날이 임박했으니 슬프기 그지없네요."

왕생이 말했다.

"그게 뭐 어려운 일이오. 내가 한번 보고 싶으니 변신을 해 보오."

"변신하는 걸 못 볼 거야 없지만, 부부간에는 보여 드릴 수 없어요. 낭군이 만일 제 병을 낫게 하시겠다면 제 말대로 해 주세요. 앞으로 낭군이 이 방을 출입하실 때 종들을 먼저 보내 알린 뒤에 들어와 주세요. 그렇게만 해 주시면 제 병은 자연 낫게 될 거예요."

"어려울 게 뭐 있겠소?"

그 뒤로 방을 출입할 때마다 부인의 말대로 종들을 먼저 보내 알린 뒤에 들어가니, 부인은 마음대로 변신할 수 있었으므로 병세가 차츰 좋아졌다.

하루는 왕생이 급한 일이 있어 부인의 말을 잊고서 먼저 알리지 않은 채 총총걸음으로 안으로 들어갔다. 이때 부인은 뜰가의 작은 우물 안에서 바야흐로 변신을 하고 있었다. 황룡黃龍으로 변해 머리는 구름 위로 쳐들고 꼬리는 우물 안에 두었는데, 그 길이가 100여 길이나 되었고 몸통의 굵기는 여남은 아름이나 되었다. 입에 문 여의주는 항아리만큼 컸고, 등에 난 갈기는 모양이 키[箕]와 같았다. 생생한 광채는 혹은 황금색으로 보이고 혹은 순백색으로 보였으며, 차가운 기운이 사람을 엄습하며 비린내가 진동했다.

왕생은 그 모습을 보고는 기겁을 하고 물러 나왔다. 차분히 생각해 보았지만 아내와 즐겁게 지내던 정이 싹 사라지며 멀리하고 싶은 마음만 일어날 뿐이었다. 이렇게 근심 걱정을 하며 속을 썩이고 있을 때 부인이 종을 시켜 왕생을 불렀다. 왕생이 안으로 들어가니 부인은 엷은 화장을 하고 소복을 입은 채 난간에 기대 앉아 있었다. 예전의 모습과 조금도 다름이 없었지만, 단지 근심 걱정에 쌓여 수심 어린 기색이 얼굴에 가득했다. 부인이 왕생을 보고는 이렇게 말했다.

"'군자의 도는 부부간에서 시작된다'[35]는 옛말이 있습니다. 그렇다면 허물없이 친한 부부간이라도 무례하거나 신의가 없어서는 안 될 것이 분명합니다. 그런데 지금 낭군께선 아무 통보도 없이 중문中門 안으로 들어오셨으니, 이는 무례한 일입니다. 종을 시켜 미리 알리지 않으셨으니, 이는 신의 없는 일입니다. 부부간에서 시작되는 군자의 도리를 벌써 잃으신 것이지요. 이제 변신한 제 모습을 보셨으니 마음속으로 겁을 먹고 정이 이미 멀어졌을 겁니다. 지난날의 즐거움을 계속하기 어려워졌으니 저는 떠나겠습니다. 아들딸을 모두 데리고 가야겠지만 그건 너무 심한 일인 것 같아 아들은 남겨 두고 가겠어요. 잘 기르고 가르치시면 한 나

꿈꿈꿈꿈

35. **군자의 도는 부부간에서 시작된다** 『중용』中庸에 나오는 말.

라의 군주가 될 겁니다. 다만 한 가지 한스러운 일은 제가 3년만에 더 있었더라면 반드시 성스러운 아들을 낳아, 중국을 쓸어버리고 9주를 평정해 삼대三代[36]의 정치를 펼치게 할 수 있었다는 점입니다. 낭군이 신의 없는 행동을 하신 탓에 그 일을 볼 수 없게 됐으니 퍽 한스럽습니다. 하지만 이 역시 하늘이 정한 운명이요, 사람이 어찌할 수 있는 일이 아니니 어쩌겠습니까!"

왕생이 말했다.

"비록 부부간에 잘못이 있었다고는 하지만 이렇게까지 심하게 할 필요가 뭐 있겠소? 부디 떠나지 말았으면 하오."

부인이 말했다.

"제 마음은 결정됐어요. 이미 화살이 시위를 떠났으니, 아무리 많은 말을 하신들 되돌릴 수 없습니다."

그리고는 아들의 등을 어루만지고 눈물을 뿌리면서 이별했다. 부인이 딸을 겨드랑이에 끼고 뜰 가운데 서서 바람과 비를 부르니 먹구름이 사방에서 일어나고 비바람이 크게 일더니 우르릉 쾅 천둥이 치고 번갯불이 번뜩였다. 그러자 부인은 황룡으로 변해 바람과 구름을 타고 하늘 위로 날아 올라갔다.

왕생은 부인을 잃자 자신의 경솔함을 한탄하면서 늘 구름과 안개 속을 바라보며 밤낮으로 눈물을 떨구고 장탄식을 할 따름이었

꽃꽃꽃꽃

36. 삼대三代 성인聖人으로 일컬어지는 요순堯舜·우탕禹湯·문무文武의 치세治世를 가리킨다.

다. 왕생은 아들을 사랑으로 길러 아들이 장성하자 이름을 '건'建이라고 지었다. 왕건은 태어나면서부터 아는 것이 많아, 지혜는 관중[37]과 제갈공명 같고 언변은 소진과 장의 같았으며, 스승 없이도 사마천과 반고[38]의 문장을 이해하고 배우지 않고도 손자와 오자[39]의 병법을 알았다. 3척 검을 손에 쥔 채 적은 병력을 지휘해 남북을 정벌하고 끝내 삼한을 통합하여 송악산 아래에 나라를 세웠다. 왕건은 나라 이름을 고려高麗라 한 뒤 마침내 고려의 태조太祖가 되었으니, 성스러운 자손들이 쭉 이어가 나라가 500년이나 지속되었다.

후대 사람들이 왕씨를 '용의 종자'라 한 것은 이 이야기 때문이다. 그러나 일이 매우 황당무계하여 그대로 믿기는 어렵다. 다만 옛날 하늘이 이인異人을 내려 임금으로 삼은 경우에는 혹 이처럼 기이한 사적을 보인 일이 많았으니, 거인의 발자국을 밟은 뒤 임신하여 태어난 사람[40]도 있고 제비 알을 삼킨 뒤 임신하여 태어

〰〰〰〰

37. **관중**管仲　춘추시대 제나라의 재상. 제나라 환공桓公을 도와 중국을 제패하게 했다.
38. **사마천**司馬遷**과 반고**班固　한나라 때의 저명한 역사가이자 문장가. 각각 『사기』史記와 『한서』漢書를 지었다.
39. **손자**孫子**와 오자**吳子　춘추시대 오나라의 병법가인 손무孫武와 전국시대 위나라의 병법가인 오기吳起.
40. **거인의 발자국을~태어난 사람**　중국의 강원姜嫄이라는 여인이 들에서 거인의 발자국을 밟은 뒤 임신하여 후직后稷을 낳았다는 전설이 있다. '후직'은 주周나라의 창업자인 무왕武王의 선조이다.

난 사람[41]도 있다. 지금 왕생이 용녀龍女와 결혼했다는 이 일도 완전히 허황된 이야기로만 돌릴 수는 없겠기에 여기에 그 전말을 기록하여 후인들에게 보여 줄 따름이다.

---

41. 제비 알을~태어난 사람 간적簡狄이라는 여인이 제비 알을 삼킨 뒤 임신하여 설契을 낳았다는 전설이 있다. '설'은 은殷나라의 창업자인 탕왕湯王의 선조이다.

작품 해설

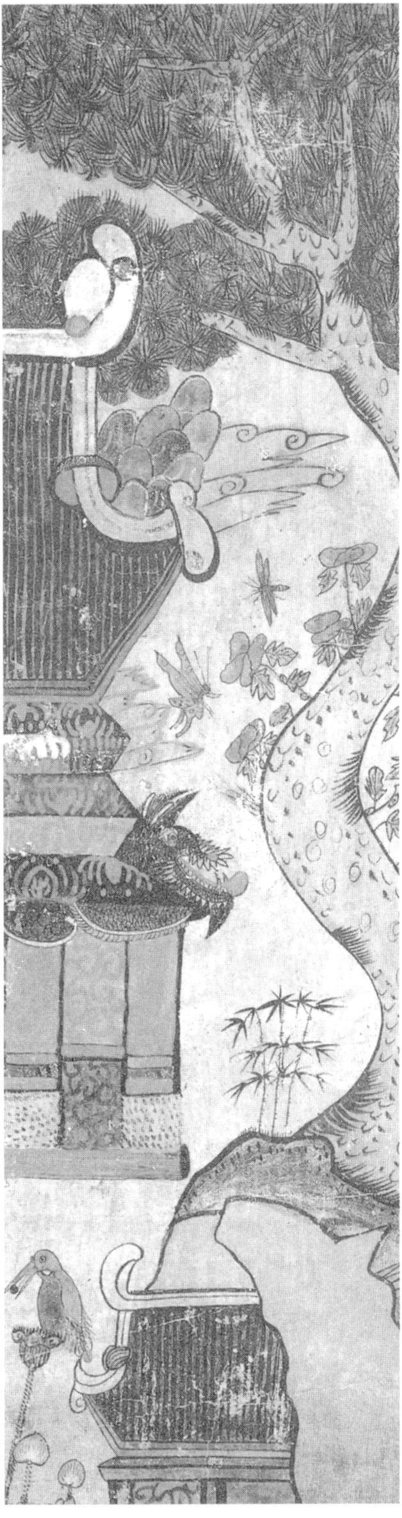

낯선 세계로의 여행은 언제나 마음을 설레게 한다. 일상을 벗어난 낯선 세계로의 여행을 통해 우리는 새로운 상상력을 충전할 수 있고, 타자와의 만남을 통해 자아의 확충을 경험할 수도 있다. 이런 점에서 낯선 세계로의 여행은 기실 자기 자신을 찾아 떠나는 정신의 여로旅路일지 모른다.

이 책에 실린 작품은 바로 이런 낯선 세계로의 여행을 보여 주는 중단편소설들이다. 원작은 모두 한문으로 쓰여 있다. 이 작품들에는 이른바 '이인'異人이 여럿 등장한다. 이인이란 무엇인가? 간단히 말해 '이상한 사람'이다. 왜 이상한가? 세상의 통념에 부합되지 않을뿐더러, 우리가 지닌 합리적 판단의 밖에 있어 이상하다. 말하자면 우리 손아귀에 잡히지 않는 그런 존재들이다. 이인들이 거주하는 세계는 우리의 눈에는 대단히 낯선 세계로 비친다. 그러므로 이들 인간을 향해 여행을 떠나기 위해서는 우리가 지닌 협소한 합리주의는 일단 접어놓을 필요가 있다. 이 세계와 우주가 어디 합리주의에 의해서만 설명될 수 있던가. 이 세계의 깊은 심부深部, 그리고 이 세계의 한 자락에는 우리가 도무지 설명할 수 없는 신비로움이 가득 차 있지 않던가. 얼마 전에 작고한 예술 영화의 거장 잉마르 베르히만 감독이 자신의 만년작 〈파니와 알렉산더〉에서 등장인물을 통해 설파하고 있듯이, 이 세계가 리얼리즘과 합리주의로만 가득 차 있다면 세계는, 그리고 우리의 삶은, 도대체 얼마나 삭막하고 무미건조할 것인가.

    ▪▪▪ 「최고운전」崔孤雲傳은 16세기 후반에 창작된 작품으로, 작자는 알려져 있지 않다.

「최고운전」은 당시까지의 한문 단편소설이 대개 사대부적 취향에 의거하고 있던 것과는 달리 민중적 감수성과 상상력이 강하게 투영되어 있는 독특한 작품이다. 이 작품은 크게 두 가지 점에서 주목된다. 하나는 가부장제 혹은 권력에 대한 도전이고, 다른 하나는 전통적인 동아시아적 질서인 '중화주의'中華主義, 즉 중국 중심적 세계관에 대한 거부다. 이 두 가지 면모는 내적으로 서로 연결되어 있다. 이 작품에는 이두 면모가 아주 단호하게 제기되어 있는데, 최치원이 자신을 내버린아버지를 받아들이지 않는다는 점, 중국의 황제를 욕보인다는 점에서 그것을 확인할 수 있다. 우리나라 고전소설에서 이런 면모는 대단히낯선 것인바, 이 작품은 바로 이 점에서 대단히 주목된다.

이 작품은, 지배층의 사상으로 정립된 주자학에 반발하면서 민중의 일각과 지식인층의 일각에 저류底流하고 있던 16세기 우리나라의 도가사상道家思想에 그 사상적 원천을 두고 있는 것으로 보인다.

192

▪▪▪ 「전우치전」田禹治傳은 『잡기유초』雜記類抄에 실려 전하는 작자 미상의 한문소설이다. 이 작품은 국문본도 전하는데, 국문본과 한문본은 작품 성격이 전연 다르다. 국문본 「전우치전」이 「최고운전」과 흡사하게 권력에 대한 도전이라든가 '중화주의'에 대한 저항을 보여 주는 반면, 한문본 「전우치전」은 국문본의 이러한 면모를 전혀 보여 주지 않으며, 도술가로서의 전우치의 행적을 서술하면서 '사악함'〔邪〕은 '올바름'〔正〕을 이길 수 없다는 메시지를 전달하는 데 주력하고 있다. 전우치가 신비한 책을 입수하게 되는 과정, 윤군평과 서화담 같은 당대의 이름난 '이인'들과 도술 대결을 벌이는 장면 등이 흥미롭다.

▪▪▪ 「장도령」蔣都令은 임방任埅(1640~1724)이 창작한 작품이다. 임방은 숙종 때의 문신으로 호는 수촌水村이며, 대사성·공조판서·우참찬을 역임했다. 저술로 문집인 『수촌집』水村集과 야담집인 『천예록』天倪錄이 전하는데, 「장도령」은 『천예록』에 실려 있다.
「장도령」의 원제목은 '지리산로미봉진'智異山路迷逢眞이다. '지리산에서 길을 잃고 진인眞人을 만나다'라는 뜻이다.
장도령은 16세기 말에 실제 존재했던 인물로 추정된다. 이 작품이 보여 주는, 추악하고 볼품없는 거지 장도령이 실은 조선 최고의 신선이라는 발상이 재미있다. 장도령은 실제로는 아마도 당시의 노숙인이 아니었을까? 만일 그렇다고 한다면, 멋있고 번지르르하게 보이는 사람이 아니라 초라하고 볼품없는 노숙인들 속에 신선이 숨어 있다는 말이 되지 않는가.

장도령은 이 밖에도 문제적인 행적을 많이 남겼는데, 허균許筠의 「장생전」蔣生傳, 김려金鑢가 허균의 글을 바탕으로 쓴 또 다른 「장생전」 등에서 그 내용을 확인할 수 있다.

••• 「남궁선생전」南宮先生傳은 허균許筠(1569~1618)이 창작한 작품이다. 허균은 선조와 광해군 때의 문신으로 호는 교산蛟山 혹은 성소惺所이며, 삼척부사·공주목사·형조참의·좌참찬 등의 벼슬을 지냈다. 당대 제일의 독서가이자 비평가로서, 『성소부부고』惺所覆瓿稿, 『학산초담』鶴山樵談, 『국조시산』國朝詩删 등의 저술을 남겼는데, 「남궁선생전」은 『성소부부고』에 실려 있다.

허균이 남궁두를 만난 것은 1609년(광해군 1)의 일이다. 당시 허균은 거듭된 파직으로 실의에 빠져 세상을 벗어나고 싶은 뜻이 있었던바, 남궁두의 이야기에 큰 흥미를 느꼈던 것으로 보인다.

「남궁선생전」은 남궁두의 이야기를 바탕으로 삼되 허균 자신의 상상력을 적극적으로 가미하여 창작한 작품이다. 도가의 연단煉丹 과정, 해동海東 선가仙家의 도맥道脈, 동방東方의 여러 신에 대한 서술이 매우 상세해 우리나라 도가 문학道家文學의 기념비적인 작품으로 평가된다. 허균 스스로도 이 작품에 큰 자부심을 피력한 바 있다. 이 작품을 통해 허균이 도가에 대해 얼마나 깊은 관심과 조예를 지녔던가를 잘 알 수 있다. 허균은 도가적 지식과 상상력을 마음껏 발휘하여 대단히 스케일이 큰 작품을 창작했다 할 만하다.

그뿐 아니라 이 작품은 인간의 운명에 대한 작가의 깊은 눈을 잘 보여 주고 있다. 소위 '잘 나가던' 남궁두가 그 강한 성격으로 인해 결국 사람을 죽이고 세상을 이리저리 떠돌다가 삶의 막다른 골목에서 신선 수업을 받게 된다는 점, 거의 신선이 될 뻔하다가 급하게 성취하려는 마음 때문에 실패하고 만다는 점, 오래 살면 좋을 줄 알았는데 새까만 소년배가 늙은 자신을 버릇없이 대하자 깊은 비애감을 느껴 어서 죽으려고 화식火食을 한다는 남궁두의 말 등은, 이 작품을 읽는 사람으로 하여금 많은 것을 생각하게 만든다. 이 밖에도 도를 전할 제자를 만나지 못해 수백 년이 되도록 죽지도 못한 것으로 설정된 남궁두의 스승인 권선사나 권선사의 스승과 같은 인물은, 히말라야의 설산에서 몇백 년 동안 죽지도 못한 채 자신의 도를 전해 받을 누군가가 나타나기만을 눈이 빠지게 기다리고 있다는, 구루들 사이에 전해 오는 저 신비한 전설을 떠올리게 한다.

이처럼 이 작품이 이룬 높은 문예적 성취와 인간에 대한 깊은 응시의 눈길, 그리고 그 상상력의 비범함을 고려할 때, 적어도 세계문학의 견지에서 본다면, 허균의 대표작으로는 「홍길동전」이 아니라 이 작품을 내세워야 온당하지 않을까 생각된다.

▪▪▪ 「부목한전」浮穆漢傳은 이옥李鈺(1760~1812)이 창작한 작품이다. 이옥의 호는 문무자文無子 또는 매화외사梅花外史이다. 이옥은 가벼운 필치로 인정세태를 생생하고 곡진하게 잘 묘사하는 문인으로 이름을 얻었다. 『문무자문초』文無子文抄, 『매화외사』梅花外史 등의 저서가

전하는데,「부목한전」은『매화외사』에 실려 있다.

「부목한전」은 신비주의로 가득 차 있다. 이 작품에서 세계와 인간의 운명은 신비 그 자체다. 부목한과 수좌의 선문답 같은 대화부터가 우선 신비롭다. 짧은 작품 안에 신비주의에의 동경이 뚜렷이 드러나 있는데, 이러한 점은 빼어난 재주를 가졌음에도 불구하고 정조의 문체반정文體反正에 걸려 평생 벼슬길에 오를 수 없었던 작자 이옥의 불우한 생애와 관련이 있는 것으로 보인다. 작품 말미의 논평에서 확인되듯 작자의 신비주의 취향과 조선의 주체성에 대한 고민이 결합되어 있는 점이 특이하다.

■■■■「안상서전」安尙書傳은 권칙權侙(1599~1667)이 창작한 작품이다. 권칙은 인조 · 효종 · 현종 때의 문신으로 호는 국헌菊軒이며, 영평현령永平縣令을 지냈다. 외교사절을 따라 중국과 일본을 다녀오기도 했다.「주생전」周生傳을 지은 권필權韠의 서질庶姪(서얼 조카)이다.

「안상서전」은『잡기유초』雜記類抄에 실려 전한다. 이 작품은 중국을 배경으로 명말明末 청초淸初의 격변기에 대조적인 성격을 지닌 두 인물이 겪는 부침浮沈을 간결한 필치로 조명하고 있다. 비록 짧은 작품이지만, 동아시아 격변기의 역사를 배경으로 하고 있다는 점이 흥미롭다.

■■■■「설생전」薛生傳은 오도일吳道一(1645~1703)이 창작한 작품이다. 오도일은 숙종 때의 문신으로 호는 서파西坡이며, 도승지 · 대사헌 · 대제학 · 한성부 판윤 · 병조판서 등을 역임했다. 저서로『서파

집』西坡集이 전하는데, 「설생전」은 『서파집』에 실려 있다.

「설생전」은 은둔을 택한 설생과 출세를 택한 관찰사, 이 두 친구의 판이한 삶의 행로를 그린 작품이다. 조선시대 사대부들은, 비록 출세하여 높은 벼슬에 오른 인물이라 할지라도 내면적으로는 '설생' 같은 인물에게 콤플렉스를 느꼈을지 모른다. 권력을 가진 사람에게는 권력을 무서워하지 않거나 권력에 무심한 사람이 제일 무서운 법이기 때문이다. 설생의 인물 형상이 비교적 개성 있게 그려져 있으며, 이상향으로 제시된 회룡굴의 묘사가 인상적이다.

　　　• • • 「왕수재」王秀才는 『고소설』古小說이라는 소설집에 수록된 작자 미상의 작품이다. 원제목은 '왕수재취득용녀설'王秀才娶得龍女說로, '왕수재가 용녀와 결혼한 이야기'라는 뜻이다.

고려 태조 왕건의 부친을 주인공으로 내세운 이 작품은 『삼국유사』三國遺事에 수록된 '거타지 설화'를 서사의 원천으로 삼고 있다. 바다에 옷을 던져 가라앉히는 장면, 요괴와의 대결 장면 등 익숙한 설화들이 이어지면서 서사적 흥미를 자아낸다. 특히 노인의 요청을 받은 왕수재가 미녀로 변신한 요괴를 향해 활을 쏘려고 하다가, "저건 사람이다. 사람이 사람을 쏴 죽여서야 되겠는가?"라며 차마 활을 쏘지 못하는 대목은 작가의 인도주의적 정신을 반영하는 듯해 자못 인상적이다. 한편, 왕수재의 아내인 용녀龍女의 말이나 작품 말미에 덧붙인 서술자의 말에서는 민족적 자존의식 같은 것이 느껴진다. 이 점에서 이 작품은 「최고운전」의 문제의식과 일정하게 연결된다.

이 책에 실린 작품들에는 '초월'을 향한 열망, 우리가 속해 있는 이 세계의 '경계'와 통념을 뛰어넘고자 하는 발상, 낯선 세계에 대한 동경과 호기심이 투영되어 있다. 아무쪼록 이 작품들이 힘겹고 지루한 일상, 치열한 무한 경쟁으로부터의 탈출을 꿈꾸는 이들에게 새로운 상상력을 불러일으킴과 동시에, 지금 자신이 선 자리를 한 번쯤 되돌아보게 하는 계기가 되어 주었으면 한다.